자연과 인간의 교감을 그리는 화가 양희성

폼생폼사 초등학교 4학년 때   초등학교 6학년 때   중학교 3학년 때, 교회에서

고등학교 때 계곡에서 아버지와 함께   졸업식 날 어머니와 함께

고등학교 1학년 때 김언중 화백님과 함께 임윤수 지도교수님과 함께

나의 숲-봄(131×97.3cm) 복합재료혼합 2024 / 2024이원형어워드 수상작

위대한 어린왕의 탄생(141×96cm) oil on canvas 2017

갯세마네 기도(91×116.5cm) oil on canvas 2019

마음이 닿은 순간(60.5×72.6cm) 캔버스에 혼합매체 2023

소망의 꽃밭(145.5×97cm) oil on canvas 2022

마음빛향기(116.8x80cm) watercolor painting 2015 / 정수미술대전 입상작

이끌림 1(141x97cm) watercolor painting 2017 / 정수미술대전 입상작

?

그리움(91×116.8cm) oil on canvas 2020

자갈의 노래(162×112cm) oil on canvas 2018

추억의 스위스(145×112cm) oil on canvas 2018

?

누구 시리즈 37

문학적 초상화 프로젝트

2024년 <누구?!시리즈10>을 발간하며

궁금증이 감탄으로 변하게 하는 이야기를 담은 작은 인문학도서 <누구?!시리즈>를 기획하게 되었다. 인문학이란 사람의 이야기를 기본으로 하는데 그 삶에서 장애는 비장애인들이 경험하지 못한 특별한 이야기여서 사람들에게 감동을 준다.

특히 장애인예술은 장애예술인의 삶 속에서 녹아 나온 창작이라서 장애예술인 이야기를 책으로 만드는 <누구?!시리즈>는 꼭 필요한 작업이다. 이 책은 장애예술인의 활동을 알리는 소중한 자료가 될 것이기에 <누구?!시리즈> 100권 발간 목표를 세웠다. 의문과 감탄을 동시에 나타내는 기호 인테러뱅 (interrobang)이 <누구?!시리즈>를 통해 새로운 감성으로 확산될 것으로 믿는다.

<누구?!시리즈 100>이 완간되면 한국을 빛내는 장애예술인 100인이 탄생하여 장애인예술의 진가를 인정받게 될 것이며, 100인의 장애예술인을 해외에 소개하면 한국장애인예술의 우수성이 K-컬처의 새로운 화두가 될 것이다.

_ (사)한국장애예술인협회 회장 방귀희

자연과 인간의 교감을 그리는 화가 양희성 - **누구 시리즈 37**
양희성 지음

초판1쇄 발행 2024년 11월 1일

지은이 양희성
펴낸이 방귀희
펴낸곳 도서출판 솟대
등 록 1991년 4월 29일
주 소 서울시 금천구 서부샛길 606, 대성지식산업센터 B동 2506-2호
전 화 02)861-8848
팩 스 02)861-8849
홈주소 www.emiji.net
이메일 klah1990@daum.net

값 12,000원

ISBN 979-11-989238-2-0 03810

주최  사|한국장애예술인협회

후원 문화체육관광부 한국장애인문화예술원
Korea Disability Arts & Culture Center

37
누구 시리즈

자연과 인간의 교감을 그리는 화가 양희성

양희성 지음

무한한 창작의 자유와 불타는 열정으로 도전하라!

도서출판
솟대

나는 사랑을 많이 받아서 좋은 사람입니다

나는 선한 그림에는 사람들의 가슴을 울리는 선한 영향력이 있음을 믿습니다.

이 믿음으로 나만의 독특한 회화 방식을 만들어 나가고 있습니다. 나는 내가 경험한 순간의 인상을 담고 싶습니다.

나의 마음이 닿은 순간을 스케치 없이 곧바로 캔버스에 채색하여 구도를 잡았으며 나의 삶의 순간을, 내 마음의 빛깔을 꾸밈없이 표현하고 있습니다.

나는 그림으로 대화하기를 잘합니다. 내 마음과 생각을 그림이 잘 말해 주기 때문입니다. 나는 표현을 잘 하고 싶지만 너무 시끄럽거나, 처음으로 만난 여러 사람이 계속 말하거나 묻거나 하면 좀 두렵고 불편한 마음이 되고, 아무 생각도 나지 않아서 말하기가 어려워집니다. 그런데 그 사람들이 저의 그림을 보면 그렇게 많이 나에게 물어보지는 않습니다.

오늘 내 이야기를 여러분에게 말하는 것은 내가 받은 사랑과 관심이 아주 크고 기뻐서 감사하기 때문입니다. 또 아빠와 엄마, 동생 형우에게도 고마운 마음을 말하고 싶어서입니다.

이 글이 내가 작업을 할 때 기쁜 마음인 것처럼 많은 독자들에게도 읽는 동안 기쁜 마음이면 좋겠습니다. 그리고 꼭 책을 읽는 사람들에게 평화로운 마음과 고요한 기분이 오랫동안 있기를 바랍니다. 꼭 행복하면 좋겠습니다.

나는 행복이 하나님께서 내게 주신 가장 감사하고 귀한 선물이라고 생각합니다. 나는 그림을 그리면서 슬프고 불안한 마음을 고칠 수 있었습니다. 여러분도 그렇게 되면 참 좋겠습니다.

아빠와 엄마, 동생 형우와 구미시민교회 청년부 친구들과 대학교 친구 민석이, 김언중 화백님과 김경숙 에바다언어치료 원장님과 임윤수 지도교수님, 사랑하는 방울이 이야기도 있습니다.

사랑하고 고마운 사람들을 이야기해서 참 행복했습니다. 이야기하면서 그림을 그리는 것처럼 기쁘고 편안한 마음이 생각났기 때문입니다.

나는 사랑을 많이 받아서 좋은 사람입니다. 여러분도 사랑을 많이 받는 좋은 사람입니다.

2024년 글쓰기 좋은 날에
서양화가 양희성

!

중학교 3학년 때, 교회에서

...

우리 교회 본당 3층 예배실입니다. 나는 맨 앞에서 세 번째 열에 앉아 있습니다. 한가운데는 아니고 목사님이 단상에서 설교하실 때 나를 바라보시면 그때 나는 오른쪽에 앉아 있습니다. 내가 이 자리를 좋아하게 된 것은 중학교 3학년 때입니다. 학교 교무부장 선생님이 나를 교회에 데려오셨습니다. 내가 그때는 학교에서 있을 때 마음이 조금 슬프고 불편했습니다.

엄마는 내가 아주 어릴 때부터 '희성이 마음이 어떤지 자세하게 알고 싶어. 그래서 더 많은 것을 도와주고 싶어'라고 말씀하셨는데, 다른 사람들에게 그때의 내 마음을 자세하게 말한다면 중학교 때 학교에서의 내 마음은 물이 콸콸 흘러가는 강가에 있는 징검다리를 혼자서 건너가는 것 같았습니다. 물소리도 너무 크고 쿨럭쿨럭 달려서 내려오는 물살도 무서웠습니다. 그런데 징검다리를 건너야 하는 마음이었습니다. 나는 그래도 학교에 꼭 갔습니다. 어떤 날은 가끔 조용하고, 따뜻한 햇볕 아래서 앉아 있는 마음 같기도 했기 때문입니다.

내가 학교에서 조용하고 말이 없을 때 교무부장 선생님은 나를 데리고 지금 우리 교회로 오셨습니다. 나는 처음 일요일에 교회에 왔을 때, 작고 평화롭게 울리는 찬송 소리가 좋았습니다. 예배하기 전에 밴드의 연주가 조용하게 흘러나와서 내 마음을 쓰다듬어 주는 것 같았습니다. 그 느낌은 참 부드럽고, 조용해서 좋았습니다.

목사님은 하나님이 우리를 참 사랑하신다고 말합니다. 하나님에게 하고 싶은 말과 하나님이 도와주시면 좋겠다는 소망이 있다면 조용히 눈을 감고 마음속으로 솔직하게 말씀드리라고 말합니다. 나는 아주 편안한 마음으로 조용히 하나님을 부릅니다. 목소리는 들리지 않았지만 내 마음에서 하나님이 듣고 계신다는 믿음이 생겼습니다. 내 목소리가 다시 내 마음속에 들립니다. 내가 하나님에게 말하고 있다는 것을 알 수 있었습니다. 하나님은 내 목소리를 내가 조용히 듣게 하면서 나와 함께 있다고 알려 주시는 것 같았습니다. 나는 마음이 참 평화로운 것을 알 수 있었습니다.

나는 일요일에 예배를 드리는 것으로 마음이 힘들고 무서웠던 것을 '괜찮다고' 달랠 수 있었습니다.

엄마는 내가 여러 번 왔던 곳도 아니어서 많이 긴장할 거라고 걱정했는데, 내가 편안하게 앉아서 기도하는 모습에 가슴 뭉클했

위대한 어린왕의 탄생(141×96cm) oil on canvas 2017

겟세마네 기도(91×116.5cm) oil on canvas 2019

다고 했습니다. 고요하고 평화로운 제 모습에 놀라고 감동했다고 했습니다.

나는 고등학교를 졸업할 때까지 힘을 내어 살았습니다. 그림도 그리고 운동도 했습니다. 기도를 하면서 소망을 가지게 되었습니다. 소망은 마음에서 말하는 꿈입니다. 나는 미술대학에 가서 화가가 되고 싶었습니다. 이것은 내가 고등학교 때 상을 빈았기 때문이 아닙니다. 교회에서 전시회를 하고 많은 사람들이 축복해 주었기 때문입니다. 나의 그림에서 '순수를 회복했다.'는 어떤 권사님의 말이 감동이 되었기 때문입니다. 나는 사람들이 웃고 좋아하는 일을 하고 싶었습니다. 고마워하는 일을 잘하고 싶었습니다.

나는 대학에 합격할 수 있었습니다. 나는 대학에 입학하면서 집을 떠나서 살아 보고 싶었습니다. 스무 살이니까 어른이었기 때문입니다. 물론 사랑하는 엄마와 아빠와 함께 생활하는 것은 참 좋지만 어른이니까 혼자서 생활해야 한다고 생각했습니다. 언젠가는 제가 혼자 학교에 다니고, 친구들을 만나고, 학교 과제도 하고, 집청소를 하고, 근사하게 집도 꾸미고 살고 싶었습니다.

내 생각을 말하니까 아빠와 엄마는 생각해 보자고 하셨는데, 아마 생각해 보자고 말씀하신 거는 될 거라는 뜻입니다. 엄마, 아빠는 내게 안 된다고 잘 말씀하지 않습니다. 그리고 학교생활과 교회 생활을 잘 하는 저를 참 성실한 사람이라고 칭찬하셨기 때문에 꼭 '희성이를 믿는다!'고 말씀하실 것 같았습니다.

아빠는 나와 자전거를 타러 가거나 등산을 합니다. 아빠는 나랑 운동을 하고 사진을 찍는 게 좋다고 합니다. 그래서 나는 아빠 사진을 열심히 찍어 주는데 아빠가 웃는 모습이 참 멋집니다. 아빠가 자꾸 나를 보고 웃습니다. 아빠와 등산을 할 때는 엄마처럼 옷을 다 챙겨 주거나 물을 마시겠냐고 자꾸 물어보지 않습니다. 가끔 '힘든가?'라고 물어보고, 내 옆에 서서 '희성이 얼굴 좀 보자.'라고 말하면서 내 얼굴을 보고 웃습니다. 그리고 다시 앞서 가거나 뒤에서 걷다가 손수건을 줍니다. 풍경이 좋은 곳에서는 사진 한 장 찍자고 말합니다. 그리고 엄지손가락으로 최고라고 말합니다. 그래서 나는 아빠가 웃으면 나한테 이렇게 말하는 것임을 잘 압니다.

"잘할 거야", "파이팅!"

엄마는 내가 학교 기숙사에서 살겠다고 하자 걱정도 되고 슬펐던 것도 같습니다. 며칠 동안은 자꾸 계속 물어보셨습니다.

"왜 기숙사에 살고 싶은 거니?", "집에서 다니는 게 싫어?", "엄마가 희성이를 불편하게 했어?", "엄마가 학교에 차로 데려다 주면 어때?"

그리고 또 며칠이 지나서는 이렇게 물어보셨습니다.

"정말 혼자서 기숙사에서 살 수 있어?", "잘 해낼 수 있어?", "희성아, 자신 있니?"

    나는 조금 귀찮고 짜증이 나기도 했지만 엄마가 물어보는 말에 '네!'라고 말했습니다. 정말 자신이 있었습니다.

    엄마는 나를 담대한 마음으로 떠나보낸다고 말씀하셨습니다. 이제부터는 내가 하는 일에 엄마의 노력보다 더 큰 힘이 필요하기 때문에 엄마는 그 힘을 믿고, 나를 믿고, 세상에 희성이를 내놓는다고 말했습니다. 그렇게 말하는 엄마의 모습이 마치 전쟁에 나가는 장군님 모습처럼 크고 단단해 보였습니다. 엄마는 아주 크고 단단한 마음을 가지기로 결심한 것 같았습니다.

    엄마는 그 이후 좀 바뀌셨습니다. 학교를 미리 몇 번 가 볼 때도 나를 보고 앞에서 걷도록 하고, 기숙사에 이불과 베개가 있지만 새 것으로 사 주시면서 이불이나 베개도 나에게 골라 보라고 하셨습니다. 그리고 내가 학교에 가지고 가고 싶은 것을 메모지에 모두 적고 빠트린 것은 없는지 확인하라고 말씀하셨습니다. 그때부터 나는 좀 더 매일 바쁜 일이 생겼습니다. 해야 할 일이 몇 개 더 많아졌습니다. 신용카드를 잘 챙기고 지갑도 자주 확인했습니다. 휴대폰과 노트북, 충전기도 가득가득 충전을 해 두고, 다 끝나면 코드를 빼는 일도 잊어 버리지도 않고 잘했습니다.

기숙사에서 혼자 살겠습니다, 나는 어른이니까요

...

　구미를 떠나서 대구에서 사는 것은 어릴 적에도 살았기 때문에 마음이 불편하지 않았습니다. 구미에서 대구로 가는 버스도 잘 알고 있었고, 대구 학교에서 다시 구미 집으로 올 때는 몇 시에 지하철을 타고, 몇 번 버스를 타야 하는지 잘 알고 있었기 때문에 괜찮았습니다. 나는 버스 시간도 잘 알고 있기 때문에 아무 문제 없었습니다. 전시회나 워크숍으로 서울에 갈 때도 나는 서울역에서 전시회장 가는 지하철이 몇 호선인지 잘 알고, 어디서 갈아타야 하는지도 이미 잘 알고 있었습니다. 교통권발매기에 가서 화면에 나온 우대권을 누르고, 기계에서 '신분증을 그림과 같이 올려놓으십시오.'라고 말하면 복지 카드를 올려놓고, 동반자와 함께 타는 2매를 선택하고 천 원을 넣으면 지하철 교통카드가 2장이 나옵니다. 나는 엄마에게 한 장을 주고 지하철을 타고 전시회장이나 갤러리에 갑니다. 이렇게 잘하기 때문에 대구에서도 잘할 수 있다는 자신감이 내 마음속에서 무럭무럭 자랄 수 있는 겁니다.

햄은 이렇게 볶아야지ㅋㅋ

대학교 1학년 때 처음 끓인 김치찌개

드디어 며칠이 지나고 엄마와 아빠는 나를 식탁 의자에 앉아 보라고 했습니다. 그리고 엄마와 아빠는 희성이를 믿기로 했고, 잘할 수 있다는 믿음이 생겼다고 했습니다. 그리고 기숙사를 신청해 보자고 했습니다. 나는 그때 가슴속에서 박하사탕이 녹는 것 같았습니다. 화하고 시원한 마음이 들었습니다.

이제 나는 정말 어른이 되어서 혼자서 학교에 가고, 친구들을 만나고, 공부를 하게 되었습니다. 학교 식당에서 밥도 먹고, 필요한 물건도 스스로 알아서 살 겁니다. 나는 잘할 수 있다고 내 마음에도 단단하게 말해 주었습니다.

엄마는 내가 기숙사에서 살기로 결정을 하고서 입학하기 전에 나와 함께 학교에 자주 갔습니다. 미리 미술대학 건물에도 들어가 보고, 강의실에 가서 함께 앉아 보았습니다. 기숙사 건물도 바깥에서 보고, 학교 행정 선생님께 말해서 1층 휴게실에도 들어가서 앉아 보았습니다. 나는 학교가 커서 더 멋지고 설렜습니다. 학교가 시작되는 정문 앞에서 사진도 찍고, 정문에서 조형예술대학까지 쭉 걸어가 보기도 했습니다. 학교 도서관도 구경하고 학교 앞 식당에도 들어가 보았습니다.

입학식 전에 엄마와 함께 몇 번이나 학교에 갔습니다. 어떤 때는 행정 선생님도 만나고, 어떤 때는 교수님도 만났습니다. 교수님은 나를 먼저 알아보시고 입학하면 만나자고 약속했습니다. 그리고 행정 선생님은 엄마가 무엇을 많이 물어보는데도 친절하게 말하고, 메모도 하고 그랬습니다. 엄마는 내가 학교생활을 잘할 수 있도록 도와주는 도우미 학생에 대해서 물어보셨습니다. '희성이 속도를 이해할 수 있는 친구라면 좋겠다.'는 말도 했습니다. 나는 내 속도가 어느 정도인지 잘 모릅니다. 하지만 다른 친구들보다 조금 늦는 것은 알고 있습니다. 엄마와 나는 어릴 적부터 내가 친구들과 다른 것에 대해서 자주 이야기했기 때문입니다. 엄마는 내가 다른 친구들과 달리 조용히 말하는 것을 좋아하고, 차분하게 말하는 것을 좋아하는 사람이기 때문에 말도 천천히 하고 생각도 천천히 하는 거라고 말해 주었습니다. 나도 그렇게 생각합니다.

나는 혼자서 잠자고 일어나서 학교에 갈 준비를 하고 아침을 챙겨서 먹고 옷도 깔끔하게 입는 것은 물론이고 강의실을 잘 찾고, 교수님 이름도 잘 알고 있기 때문에 두렵지 않고 빨리 입학식 날이 오기를 기대했습니다. 나는 같은 학과 친구들에게 보여 줄 나의 작품도 많이 그리고, 운동도 열심히 해서 튼튼한 몸을 만들고 싶었습니다. 그리고 가방과 운동화도 새로 사고 머리도 멋지게 자르고 싶었습니다. 나는 대학생이 되었기 때문입니다.

나는 입학식 전전날에 기숙사에 도착했습니다. 집에서 가지고 온 짐을 풀고 책상을 정리했습니다. 책상도 희고 반짝거렸고, 침대도 깨끗해서 마음에 들었습니다. 창가에 책상이 있는 것이 더 좋았는데 아침이면 새소리가 크게 들리고, 저녁에도 처음 들어 보는 새소리가 들려서 나는 그 새가 누굴까 계속 궁금했던 것 같습니다. 밤에 잠을 자려고 누우면 '삐종' 목소리를 짧고 맑게 내는데 꼭 한 번만 인사하고 다시 들리지 않아서 아쉬웠습니다. 왜냐하면 그 새소리는 내가 아름다운 밤의 나라를 상상할 수 있게 해 주었기 때문입니다.

캄캄한 밤인데 검은 날개를 가진 작은 새는 귀여운 불빛으로 잠깐 납니다. 몸을 치장한 새들이 맑고 짧게 노래하며 날아다니는 모습을 상상하면 정말 기분 좋았습니다. 그런 아름다운 곳에 있다고 상상하니까 아침에는 까치 소리가 크고 반가웠습니다. 사실 까치 목소리가 너무 커서 깜짝 놀라 한 번에 눈을 뜨고, 또 깜짝 놀라지만 그래도 아침이라고 알려 주는 까치가 착한 새라고 생각했습니다. 그리고 까치의 몸통이 다른 꽃이나 나비처럼 고운 색이면 사람들이 더 반가워하겠다는 생각도 했습니다. 그런데 어쩌면 까치는 자기 몸이 검은색과 흰색인 것을 좋아할 수도 있습니다. 그래야 나비와 다르고, 참새나 물떼새와도 다르다는 것을 사람들이 알 테니까요. 만약 다른 새들과 똑같았다면 까치인 줄 몰랐을 겁니다. 까치는 검고 흰 몸으로 나뭇가지에 점잖게 앉고, 살쿵살쿵 움직여서 사람들을 놀래키지 않으니 신사 같기도 합니다.

대구대학교 안은 조용하고 예쁜 것들이 참 많아서 나는 더 설렜습니다. 이렇게 큰 집에 살고 있다고 생각하니 많은 건물도 궁금해지고 그곳에 있는 강의실과 1층에 있는 휴게실과 카페, 편의점도 멋졌습니다. 마치 집에서 마트에 가듯이 이곳에서는 기숙사를 나가서 학교 안에 있는 우체국, 은행, 편의점을 이용할 수 있습니다. 학교는 마치 작은 세계처럼 느껴졌습니다. 학생들을 위한 것들이 곳곳에 있고, 또 안전했기 때문입니다.

나는 개강 첫날부터 도서관에도 가 보고 기숙사 옆 식당에서 밥도 먹었습니다. 나를 도와주는 친구가 함께 있어시 든든하고, 낯선 곳에서도 편안한 마음으로 있을 수 있었습니다. 기숙사 도우미 친구도 하나님을 믿는 친구여서 나에게 참 친절하고, 필요한 것이 무엇인지 계속 생각하며 도와주는 것 같았습니다. 나는 친구에게 참 고마워서 커피를 사 주고 싶었습니다. 그런데 나는 커피를 싫어해서 그 친구에게 커피를 사 줄 때 아무것도 먹지 않겠다고 말했습니다. 내가 아무것도 마시지 않으니까 그 친구도 먹지 않겠다고 해서 서운했는데 나중에 엄마에게 이 말을 하니까 엄마는 그 친구가 혼자서만 마시는 게 재미없어서 그랬나 보다고 말했습니다.

"희성아, 네가 친구들에게 고마워서 커피를 사 주려고 한 마음은 참 훌륭하다. 그런데 내가 안 마시면 친구들은 자기들만 먹어서 희성이한테 좀 미안한 마음이 생기지."

"엄마, 전 커피를 안 먹는데요?"

"…… 친구들과 같이 차를 마시고 싶었어?"

"네."

"그럼. 너는 너 좋아하는 것을 마시면 돼. 너 자몽주스 좋아하잖아. 그럼 그걸 마셔."

"네."

나는 친구들이 커피를 안 먹는다고 해서 조금 어려웠는데 엄마가 도와주셔서 그다음부터는 잘 됐습니다. 친구들은 같이 밥을 먹을 때 내가 좋아하는 것을 나눠 주거나 부드러운 목소리로 말해 주었습니다. 과제를 물어볼 때는 나는 기분이 좋았습니다. 그런 날에는 귀여운 바람처럼 친구들과 차를 마시고 나는 자몽주스를 마십니다. 친구들이 그다음에는 나에게 자몽주스를 사 주기도 했습니다. 나도 친구들에게 커피를 사 주고 그때는 나도 꼭 음료수를 먹습니다. 하지만 토마토주스는 싫어합니다. 목구멍에 미끄덩하고 무엇이 넘어가는 기분은 좋지 않아서입니다. 커피는 마시지 않습니다.

나는 선한 마음을 가진 양희성입니다

...

학교 수업이 처음으로 시작되는 날이었습니다.

도우미 친구는 나를 잘 도와줍니다. 과제가 무엇인지, 언제까지 과제를 해야 하는지 알려 줍니다. 내가 다 기억하지 못하는 과제가 있으면 그것을 메모해서 나중에 내가 과제가 무엇인지 잘 기억하지 못할 때 알려 주었습니다. 교재를 사는 곳도 알려 주고, 나 대신에 조교 선생님들에게 물어봐서 찬찬히 알려 주었습니다. 그래서 나는 궁금한 것이 없었습니다. 그리고 금요일에 집에 갈 때는 이미 다 알고 있지만 버스 시간도 다시 한 번 알려 줘서 내가 잘 알고 있구나 알 수 있었습니다.

나는 금요일에 집에 갔습니다. 학교 정문으로 나가서 814번이나 818번 버스를 타고 안심역에 내려서 지하철로 갈아탑니다. 1호선 설화명곡방면 지하철을 타고 동대구역에 내려서 기차를 타고 구미역에 도착합니다. 그러면 엄마나 아빠가 마중 나오기도 하고, 어떤 때는 구미역에서 버스를 타고 집에 갑니다. 나는 혼자서 다 할 수 있습니다. 나는 대학교 다니면서 이렇게 어른스러워 졌습니다. 기숙사도 깨끗하게 정돈하고, 강의 시간에도 늦지 않았기 때문입니다.

내가 좀 자랑스러웠던 일도 많았습니다.
전공 수업 시간이었습니다. 처음 자기 손을 명암을 넣어 드로잉을 해 오라는 것이었습니다. 나는 입시 미술 학원을 따로 다니지 않았습니다. 불안해서 엄마에게 전화했더니

"희성아, 니가 그리고 싶은 대로 내 손을 그리면 되는 거야. 잘할 수 있을 거야!"

어떻게 그릴까 생각하다가 우선 검정색 큰 종이에 내 손바닥을 대고 그렸습니다. 그리고 작은 동그라미로 내 손의 어두운 곳과 밝은 곳을 알려 주었습니다. 내 손을 가만히 들여다보니 도화지 속 내 손이 작고 뭉툭했습니다. 나는 내 손등에 난 점과 손톱 모양도 잘 들여다보았습니다. 그리고 손가락 사이사이와 약간 벌어진 엄지손가락, 좀 굵고 얇아지는 손가락 근육의 각각 다른 얼굴을 보고 그렸습니다. 내 손가락은 다섯 개가 모두 다른 얼굴이고 다른 모습으로 있었습니다. 나는 그 손가락이 너무 재미있어서 한참을 쳐다봤습니다. 내 손이 이렇게 생긴 줄 모르고 있었기 때문입니다.

내 손가락은 엄마와 아빠, 동생 손가락과도 달랐습니다. 가족들 손가락을 모두 도화지에 대고 그려 보니 동생 손가락은 내 손가락보다 좀 더 길고, 아빠 손가락은 내 손가락보다 더 울퉁불퉁합니다. 엄마 손은 좀 작은데 손가락 길이는 내 손가락과 비슷합니다. 엄마와 아빠 손은 주름이 좀 있었습니다. 엄마는 일을 많이 해서 그렇다고 했습니다. 앞으로 희성이가 설거지를 하면 엄마 손은 더 예뻐질 거라고 말했습니다. 그런데 나는 주름이 많아도 예쁜 손이라고 생각합니다. 주름이 나쁜 것이 아니기 때문입니다. 웃을 때 눈에 주름이 생기면 그 웃음을 보는 사람은 착한 사람과 함께 있는 것 같아서 더 기분이 좋아집니다. 마음이 편안해서 더 크게 웃을 수 있습니다. 어떤 때는 눈가에 있는 주름이 사람들을 웃게 만들기도 하는 것 같다고 생각했습니다. 어쨌든 나는 아주 재미있는 과제를 처음으로 했습니다. 엄마의 말처럼 저만의 손을 제 방법대로 그렸더니 즐거웠습니다.

교수님은 참 좋은 과제를 주신 것 같습니다. 과제 때문에 내 손을 잘 볼 수 있었으니까요. 나는 내 얼굴과 목소리, 발가락이 모두 양희성이라고 생각했습니다. 엄마가 나를 낳아 주셨지만 엄마와 닮지 않았고, 아빠의 손하고는 조금 닮았지만 달랐습니다. 동생 손하고도 그랬습니다. 그러니까 내 손은 나만 가지고 있는 겁니다. 그래서 나는 손가락과 발가락과 목소리와 눈이 다 양희성이라고 생각했습니다. 그래서 엄마에게 손이 밉지 않다고 말해 주었

고등학교 때 계곡에서 아버지와 함께

어버이날 내가 드린 편지와 카네이션

습니다. 엄마 손은 엄마라고 말했습니다. 그런데 엄마는 더 주름
도 없고, 손톱도 반짝거리고, 가늘고 긴 손이 엄마 손이면 좋겠다
고 말했습니다. 엄마는 자기 손이 밉다고 생각했나 봅니다. 하지만
그 손은 엄마 손입니다. 그러니까 참 좋은 손이고 예쁜 손입니다.

처음 과제를 재미있게 했는데 정말 기쁜 일이 생겼습니다. 강의
시간에 교수님이 내 손 그림을 번쩍 들고 칭찬하셨기 때문입니다.
교수님은 제일 훌륭한 과제라고 말씀하셨습니다.

"여러분이 지향해야 할 작업입니다. 정해진 틀에서 빠져나오십시
오. 나만의 '것'을 만드십시오!"

교수님은 목소리가 차분하게 말씀하셨습니다.
친구들은 고개를 끄덕였습니다. 나는 잘 몰랐지만 칭찬은 기분
좋았습니다.

나는 미술대학에서 공부하며 참 행복했습니다. 꼭 대학생이 되
고 싶었기 때문이고, 그림을 좋아하는 친구들과 함께 그림을 그
리고, 전시도 할 수 있었기 때문입니다. 다른 친구들은 어떻게 그
림을 그리는지 보고, 내 그림에 대해서 친구들의 의견도 참 궁금
했습니다. 그리고 교수님들이 내 그림에 대해서 많이 이야기해 주
시기를 바랐습니다. 그러면 그림을 더 잘 그릴 수 있을 것 같았습
니다.

폼생폼사 초등학교 4학년 때　　　　　　　　초등학교 6학년 때

나는 그림 그리는 것을 참 좋아합니다. 큰 캔버스 앞에 앉으면 내 마음에 평화가 생깁니다. 불안한 마음도 무서운 마음도 사라집니다. 불편한 마음이 잠잠하게 가라앉으면서 맑은 물소리가 들리는 것 같은 느낌은 초등학교 1학년 때 처음으로 화실에 갔을 때였습니다. 엄마는 나를 피아노 학원에도 보내 주셨고, 몸 튼튼하게 하려고 수영도 다니고 태권도도 동생과 함께 다녔습니다. 학원 공부는 다 좋았지만 나는 그림이 더 좋았습니다. 그리고 그때부터 그림 공부를 했습니다.

칭찬하는 선생님, 기다리고 웃는 선생님. 고맙습니다

...

  그림 공부를 시작한 초등학교 1학년 때 김언중 선생님을 만났습니다. 그리고 지금도 선생님이 제 작업실에 오시기도 하고, 저도 선생님 작업실에 가기도 합니다. 그러니까 선생님과 내가 만난 지는 20년보다 더 많은 시간이 쌓이고 있습니다.

  선생님을 처음 만났을 때 나는 화가가 되려고 했던 것은 아닙니다. 불안하고 긴장하는 마음이 그림을 그리면서는 조용하고 고요해졌기 때문에 그 마음을 오랫동안 가지고 있고 싶어서 선생님을 찾아간 겁니다. 처음에 선생님을 만나고 선생님이 나를 별로 좋아하지 않는 거라고 생각도 했습니다. 선생님이 엄마처럼 말을 많이 하지도 않고, 큰 목소리로 말하지도 않았기 때문입니다. 크게 웃지도 않고 조용하게 씩 웃으셔서 나에게 화가 났나 생각했습니다.

  처음 만난 날, 선생님은 나에게 그리고 싶은 것을 그려 보라고 했습니다. 나는 이것저것 예쁜 색깔을 칠했는데 나도 모르게 예쁜 색을 칠한 위에는 검은색을 칠하고 있었습니다. 다른 색깔이 보이지 않게 까만색으로 칠했는데 도화지를 까맣게 칠하면 밤 같고 이제는 잠을 자고 싶다는 생각을 했습니다. 깜깜한 속에 숨고 싶은 마음이었나 봅니다.

그런데 한참 지나고 나서 나도 모르게 어느 날 초록색을 칠하기도 하고 노란색을 칠하기도 했습니다. 다른 색을 보는 것도 만나는 것도 마음이 괜찮았다가 좋았습니다. 편안하고 얼굴에 바람이 부는 것처럼 시원한 마음도 생겼습니다.

나는 싸인펜으로 콕콕 찍어서 꽃을 그렸습니다. 선생님이 잘 했다고 하셨습니다. 그리고 내가 그리고 싶은 것을 그리라고 하셨습니다. 나는 선생님이 무엇 무엇을 이렇게 이렇게 하라고 말씀하지 않으셔서 참 좋았습니다. 그려 보라고 하시고, 다 그리면 잘 했다고 하셨습니다. 또 해 보고 싶은 것이 있냐고 물어보시고 동생을 그리고 싶다면 좋은 생각이라고 하시고, 꽃을 그리고 싶다고 하면 좋은 소재라고 하셨습니다. 다 그리고 나면 또 칭찬하시고 물감이나 싸인펜 같은 것을 주셨습니다.

"이런 색으로도 해 볼래?"
"네!"

선생님이 주신 펜이나, 붓이나, 물감을 가지고 그림을 그립니다.

선생님과 나의 공부 시간은 매우 평화롭고 조용했습니다. 나는 선생님의 화실에서 마음이 편안하고 그림도 잘 그려졌습니다. 나는 중학생 때도, 고등학생 때도 학교가 끝나면 선생님 화실로 가서 그림을 그렸습니다. 사나운 친구들이 나에게 무섭게 한 날에는 더욱 열심히 그림을 그리면서 나를 달래 주었습니다.

꽃을 그리면 마음이 꽃처럼 환하게 밝아졌습니다. 그리고 선생님이 빙긋이 웃으며 '잘했다' 칭찬하시면 내 마음은 건강해지고 기쁨이 다시 생겼습니다. 선생님은 내 그림을 보면 다른 사람들도 희성이처럼 행복하다는 생각을 하게 될 거라고 말씀하셨습니다. 선생님도 내 그림을 보면 곱고 환해서 아픈 마음이 안 아프게 치유된다고 하셨습니다. 나는 마음을 안 아프게 해 주는 화가가 될까요?

2012년은 내가 그림을 시작하고 큰 열매가 있었습니다. 내 작품이 '대한민국정수미술대전'에서 상을 받았습니다. 정수미술대전은 박정희 대통령과 육영수 여사의 삶과 사상을 예술로 승화하고자 2000년에 시작된 행사로 매년 많은 작품이 출품되는데 내가 거기서 두 번 수상을 한 것입니다. 2015년 수상작품으로 나는 꽃수술이 다른 환경에 이끌려 이제 막 꽃을 피우려는 모습을 생각하고 그렸는데 완성한 후에 보니 꽃수술이 환경을 변화시키는 것 같았습니다. 색이 진해지거나 옅어지는 모습은 무엇인가를 기다리는 설렘으로 느껴지기도 했고, 세상 사람들과 그림을 통해

점묘법으로 그린 꽃

마음빛향기(116.8x80cm) watercolor painting 2015 / 정수미술대전 입상작

이끌림 1(141x97cm) watercolor painting 2017 / 정수미술대전 입상작

고등학교 1학년 때 김언중 화백님과 함께

이야기하는 화가가 되고 싶은 내 마음 같아서 작품 제목을 '마음 빛향기'로 붙였습니다.

대학교를 다니며 다양한 공모전에서 수상하고, 초대전을 할 때마다 가족과 함께 학교 친구들과 학과 교수님들이 축하하고 칭찬해 주셔서 더 많이 기뻤습니다.

엄마에게 내가 혼자서 대학 생활도 잘하고, 이렇게 상도 받았다고 보여 주는 것 같아서 가슴이 커졌습니다. 공부도 잘하고 운동도 잘하는 동생 형우에게도 내가 조금 더 멋있는 형이 된 것 같아서 제일 좋았습니다.

나는 정말 그림 그리는 것이 좋아서 대학에도 꼭 오고 싶었는데 정말 잘한 일 같았습니다. 이제 더 좋은 전시를 할 수 있습니다. 내 그림이 칭찬과 응원으로 더 좋은 작품이 되기 때문입니다.

중학교 3학년에 지적장애 판정 받다

...

내가 그림을 좋아하고 잘하게 된 시간을 생각합니다. 내 마음
이 평화롭고 고요하고 편안했던 시간은 그림을 시작하고서였습
니다.

잘 기억나지 않지만 세 살 때 갑자기 베트남에서 살았을 때, 초
등학교 다닐 때 친구들의 장난이나 놀림이 나를 불안하게 하고
슬픈 마음이 사라지지 않았습니다. 그 시간은 참 길었습니다. 나
는 계속 무서웠고, 엄마는 슬펐습니다.

나는 지금 어른이고, 나의 어릴 적 이야기는 너무 오래전 일이지
만 그때의 감정과 쿵쾅대던 놀란 심장의 소리는 잘 기억하고 있
습니다. 내게 어떤 일이 있었는지 자세하게 알지는 못하지만 엄마
와 형우와 비행기를 타고 긴 시간이 지나서 처음 보는 사람들이
많고, 알 수 없는 이상한 목소리를 듣는 일들이 두렵고 무서웠습
니다. 엄마는 그때의 일을 나에게 말해 준 적이 있습니다.

아빠가 갑자기 베트남 주재원으로 가게 되었다고 했습니다. 아빠는 그 말을 하고 급하게 베트남으로 먼저 떠났고 엄마는 집정리와 짐싸기를 혼자서 했습니다. 나와 동생은 너무 어린 아기여서 당장 베트남에서 쓸 기저귀를 잔뜩 사고, 필요한 약도 많이 샀다고 했습니다. 그곳의 상황을 알지 못하니 아빠와 몇 차례 전화 통화를 하고, 또 주변 사람들의 이야기를 듣고 급하게 이것저것 준비를 했다고 했습니다. 그때 사야 할 것도 너무 많고, 챙겨야 할 것도 너무 많고, 정리해야 할 것도 너무 많아서 엄마는 너무너무 힘들었다고 합니다. 너무 바빠서 나에게 베트남에 간다는 이야기를 설명해 주지 못해 미안했다고 했습니다. 그리고 동생을 업고, 나를 걸리며 공항에서 아기 둘을 데리고 베트남으로 가는 비행기를 탔다고 했습니다.

우리는 홍콩을 경유해서 베트남 하노이에 도착했다고 합니다. 나는 홍콩에 내려서 주변을 두리번거리다가 외국인들을 보고 나서는 왕 울어 버렸답니다. 그리고 비행기 안에서도 계속 울었답니다. 엄마는 참 많이 힘들었을 겁니다.

하노이에 도착해서 아빠를 만나고, 우리가 살 집으로 갔을 때 엄마와 아빠를 도와줄 아주머니가 있었는데 동생은 엄마가 차에서 내려놓자마자 이 방 저 방을 돌아다니며 아주머니에게 웃으며 안겼다고 합니다. 밥도 잘 먹고 잠도 잘 잤다고 했습니다.

그런데 나는 엄마 손을 놓지 않고, 엄마 뒤로 자꾸 숨고, 방에서 나오지 않았다고 했습니다. 말도 하지 않고 잠도 자지 않고 울어서 엄마의 마음은 점점 어두워졌답니다. 나를 번쩍 안아 거실로 데려와도 내가 얼굴이 파랗게 질려서 다시 방으로 숨어 버렸답니다.

나는 갑자기 이상한 말이 들리고, 모르는 사람이 많고, 날씨도 다르고, 모르는 집에 온 것이 무서웠습니다. 엄마와 아빠가 있었지만 모르는 사람도 많았습니다. 그 사람들이 나에게 모르는 말로 말하고 웃어서 더 무서웠습니다, 정말 무서웠습니다. 엄마는 내가 매일매일 방에서 나오지 않으니까 내가 어디가 크게 아프다고 생각했고 외국 병원도 갔었지만 한국에 데려와서 병원에 가기로 했습니다. 엄마와 내가 한국에 도착해서 그전에 살던 동네에 오니 내가 혼자서 살던 집으로 걸어갔다고 합니다. 그러더니 아파트 현관문 앞에서 이렇게 말했답니다.

"여기 있다."

그때 저는 집이 없어졌다고 생각했나 봐요. 엄마는 한국에 와서야 다시 입을 연 나를 보고 갑자기 떠난 곳에서, 갑자기 바뀐 환경 속에서 내가 마음을 크게 다쳤을 거라고 생각했습니다. 의사 선생님도 갑자기 환경이 바뀌어서 놀라서 그런 거라고 말씀하셨답니다. 엄마는 살던 동네에 오니 내가 엄마 품에서 떨어져 뽈뽈 뽈 걸어다니는 모습을 보았기 때문에 정말 그렇다고 생각했습니다. 엄마는 정말 눈물이 날 만큼 기뻤다고 했습니다. 큰 병이 아니어서 다행이라고 생각했습니다. 베트남으로 돌아가면 잘 적응할 수 있도록 자주 산책도 하고 사람들을 만나게 해야겠다고 계획도 세웠다고 했습니다. 엄마는 안심하고 그렇게 다시 나를 안고 베트남으로 돌아갔습니다.

그런데 나는 여전히 입을 닫고 말하지 않았다고 했습니다. 불러도 대답도 하지 않았답니다. 여전히 집에서 일하시는 아주머니와 다른 사람들과 눈도 잘 마주치지 않고, 엄마는 나를 두고 외출도 할 수 없었습니다. 동생 형우는 유치원에 가서도 잘 적응하고 오후에 집에 와서는 또 잘 놀고, 잘 먹고, 잘 잤다는데 나는 엄마 옆을 떨어지면 불안해하고 입을 꼭 닫고 밥도 잘 먹지 않고, 잠도 잘 자지 않았답니다. 조금씩 나아지기는 했지만 아빠는 걱정이 되어 초등학교 입학을 앞두고 엄마와 나, 동생을 먼저 한국으로 돌려보냈습니다. 엄마도 더 이상 그곳에 있어서는 안 되겠다고 생각하고 나와 동생의 손을 잡고 비행기를 탔습니다.

나는 돌아와서 언어치료와 놀이치료를 했습니다. 일주일에 두세 번 정도씩 선생님을 만났던 것 같습니다. 선생님들은 나와 재미있는 이야기를 하셨습니다. 내 이름도 많이 불러 주셨고, 새로운 놀이를 할 때마다 나의 생각은 어떠냐고 물어보셨습니다. 나는 나를 이상하게 쳐다보지 않고, 얼굴도 찡그리지 않고, 가만히 기다려 주는 선생님들에게 내 마음을 말하는 것이 점점 어렵지도 않게 되었고 싫지 않았습니다. 선생님을 만나는 날이 기다려지기도 했습니다. 그러면서 엄마는 나와 동생에게 피아노도 가르치고 태권도도 가르치셨습니다. 공부를 잘 하라고 하지는 않으셨는데 학교에서 돌아오면 재미있게 놀았냐고, 즐거웠냐고 물어보셨습니다. 엄마는 나와 동생에게 '재미있었냐?'는 말을 제일 많이 합니다.

그렇게 나는 이것저것을 배우다가 그림을 좋아하게 되었습니다. 처음에도 말한 것처럼 하얀색 캔버스 앞에 앉으면 마음이 편안하고 평화롭습니다. 그 평화로움을 나는 정말 좋아합니다. 그리고 머릿속에 떠오르는 생각과 아름다운 장면들을 기억하고 그림을 그립니다.

그림을 그리는 동안에는 나는 김언중 선생님처럼 조용합니다. 우리는 똑같이 그림의 세계 속에 있는 겁니다. 그 속에서는 말하는 것보다 더 아름다운 것을 만날 수 있습니다.

밑그림 없는 채색 작업을 소개할게요

...

　나는 좀 개성 있는 화가입니다. 캔버스에 밑그림을 그리지 않고 바로 그립니다. '나의 스타일'입니다. 왜 그렇게 하느냐면 내가 그리고 싶은 장면이 머릿속에 사진처럼 있기 때문에 가장 그리고 싶은 것부터 그립니다. 그것은 캔버스의 가운데 올 수도 있고 가장자리에서 시작할 수도 있습니다. 캔버스의 어느 한쪽 구석에서 시작한다면 점점 가운데로 퍼져가거나, 점점 강해지거나 하는 겁니다. 가운데서 시작한다면 내가 정말 강하게 생각한 것의 움직임이나 가만히 있는, 그러면서 사알짝 조금 움직이는 모습을 찬찬히 들여다보고 생각해서 그리는 겁니다. 그러다가 마지막에는 내 마음의 색인 물감색을 만들어 칠하고 마무리합니다.

　나는 그림을 그릴 때 내 마음과 머릿속에 있는 사진을 캔버스에 옮겨 놓는다고 생각하지만 그렇게 하면서도 내 그림을 볼 사람들의 마음도 생각합니다. 내가 생각하고 있는 것을 그림을 보

작업 중인 모습

작업 중인 모습

는 사람도 생각하면 좋겠다고 생각하기 때문입니다. 그래서 나
는 생각이 움직여서 그림을 보는 사람도 그렇게 생각하도록 조
금 움직이는, 그러니까 내 생각과 마음이 그림에서 살살 움직여
서 내 작품을 보는 사람들의 머릿속으로, 마음속으로 들어가길
바랍니다.

 그림이 말하고 움직일 수 없지만 가만히 바라보면 볼 수 있는
나비의 날갯짓과 꽃들이 천천히 꽃봉오리를 올리고 조용하게 꽃
을 피우는 모습, 바람에 꽃들이 웃는 얼굴을 정성껏 그립니다. 나
의 소망을 담아 마음을 그립니다. 그러니까 밑그림을 그리고 색
을 칠할 수 없는 것입니다. 꽃은 바람에 흔들려 웃고, 나비는 조
용하게 날갯짓을 하니까 그걸 보여 주려면 밑그림 속에 꽃과 나
비가 붙들려 버립니다.
 나는 붙들리고 싶지 않습니다. 내 그림을 보는 사람들도 굳어
버린 꽃을 보고 싶지 않을 겁니다. 움직이지 않는 나비를 만나고
싶지 않을 겁니다. 캔버스에서 꽃과 나비와 웃음과 기쁨은 감옥
에 있는 것처럼 갇혀서는 안 됩니다.

우리는 Running Mate

...

    대학 생활을 하면서 나는 참 좋은 친구를 만났습니다. 친구 이름은 민석이입니다. 공민석. 민석이는 나를 도와주는 장애 학생 도우미였습니다. 민석이는 나와 밥도 같이 먹고 축제도 함께 참여하고 오토바이도 태워 주고 함께 작업도 했습니다. 민석이는 힘도 세고, 목소리도 크고, 잘 웃는 친구입니다. 그리고 민석이는 친구도 아주 많았는데 나에게 그 친구들도 소개해 주고, 그 친구들도 민석이처럼 착해서 나에게 좋은 친구였습니다. 민석이는 나의 전시에도 응원 오고 일요일 오후에 다시 학교로 돌아가서는 같이 저녁을 먹기도 했습니다.

    나는 민석이가 참 든든하고 좋았습니다. 마치 멋진 군인처럼 키도 크고, 몸도 튼튼하고 목소리도 씩씩했습니다. 내 동생 형우도 ROTC인데 두 사람이 닮았습니다. 나는 민석이와 학교 행사에도 많이 참여했습니다. 더운 여름날 대학교 건물 담벼락에 벽화를 그리는 봉사 활동을 한 적이 있습니다. 햇빛 아래서 오랫동안 쭈 그려 앉아서 그림을 그리고 색칠을 했는데 민석이와 함께여서 피곤하지 않았습니다. 친구들과 함께 그린 벽화가 혼자서 작업한 그림보다 더 멋져 보이기도 했습니다.

　우리는 봉사 활동을 다 끝내고 곱창집에서 밥도 먹었습니다. 그런데 나는 술을 마시지 않았지만 친구들은 술을 마시고 크게 웃었습니다. 그래도 술을 먹고 소리를 치거나 욕을 하는 친구는 없었습니다. 담배도 많이 피우지 않고 길에 침을 뱉는 친구도 없어서 나는 내 친구들이 참 좋고 자랑스러웠습니다. 멋진 청년들이라고 생각했습니다. 민석이가 친구들에게 희성이 앞에서는 욕도 하지 말고 술을 많이 먹고 취하거나 담배를 피우지 말자고 했습니다. 친구들은 나 때문에 착한 사람이 되는 것 같다고 웃었고 술을 안 먹어도 공동 작업실에서 욕을 하거나 담배를 피우지 않았습니다.

　민석이는 나에게 어려운 일이 생기면 슈퍼맨처럼 나타나서 나를 도와주었습니다. 작업실에서 그림을 그릴 때 내가 물통을 비우려고 가지고 나가다가 나도 모르게 다른 친구의 캔버스를 떨어트린 적이 있습니다. 그 친구가 막 화를 냈는데 나는 미안하다는 말만 계속하고 어쩔 줄 몰랐습니다. 그런데 민석이가 나타나서 그 친구에게 너의 잘못이 크다고 말했습니다.

　민석이는 작업실에서 같은 과 많은 친구들이 서로 조심하면서 작업을 하고 있는데 그 친구가 혼자서만 너무 많은 공간을 사용하고 있다고 했습니다. 다른 친구들 캔버스와 화구도 많은데 그 친구가 자기 물건을 이곳저곳에 두면서 다른 사람들이 더 좁은 자리를 가질 수밖에 없었던 겁니다. 나는 그걸 알지 못했지만 그 친구가 캔버스 떨어진 것에 너무 짜증을 내니까 민석이가 가서 말했습니다. 나는 그 친구가 혼잣말로 너무 빠르게 말하고, 또 화난 얼굴이어서 어떻게 해야 할지 몰라서 그냥 돌처럼 서 있기만 했는데 민석이가 와서 도와주니까 너무나 고마웠습니다. 그래도 나는 그 친구에게 계속 미안하다고 말했습니다. 그 친구가 속상했으니까요. 그리고 나의 이젤은 민석이와 더 가깝게 되었습니다.

그리고 나중에 민석이가 엄마에게 이런 말을 했다고 엄마가 말했습니다. 민석이가 엄마에게 한 말은 마음이 따뜻하고 좋은 말입니다. 민석이는 좋은 친구입니다.

"어머니, 저는 희성이를 보면서 장애에 대한 두려움이 사라졌어요. 어릴 때 학교를 다니면서 장애가 있었던 친구를 도와주려다 맞은 적이 있었는데, 그때부터 장애인들은 폭력적이라는 선입견이 생겼었던 것 같아요. 그래서 장애인을 만나면 피해 다녔어요. 대학교에서 희성이를 만나고 함께 지내면서 희성이는 사랑이 많고, 계산 없이 참 순수하게 다가오는 따뜻한 친구라고 느꼈어요. 그리고, 저는 미대에 진학하기 위해 입시 미술을 열심히 배우고 공부했어요. 미대 진학이 목표였는데 막상 합격하고 나니 이상하게도 그림을 그리기 싫어졌어요. 그런데 희성이는 진짜 미술을 사랑하는 것 같아요. 강의가 끝나고 나서 매일 늦은 밤까지 작업하는 것을 보면 그림에 대한 애정과 열정이 대단하다고 생각해요. 그 모습을 보면서 제 자신을 반성하면서 저도 다시 진지하게 그림을 그리고 싶어졌어요. 그리고 희성이를 통해 장애인에 대한 편견이 깨어지고 그림과 작업에 대한 제 자신의 자세와 생각을 새롭게 정리할 수 있어 좋았어요."

민석이는 멋있는 친구입니다, 힘 세고 말도 좋은 말을 하는 좋은 친구입니다.

내가 다녔던 대구대학교 조형예술대학 융합예술학부 현대미술 전공의 교육목표는 '무한한 창작의 자유와 불타는 열정으로 도전하라'입니다. 교육목표는 현대미술 전공 학생들이 4년 동안 공부하면서 이루어야 할 숙제 같은 것입니다. 나와 친구들은 열심히 공모전에 작품도 내고 함께 그룹 전시도 많이 했습니다. 그래서 거의 매일 작업실에서 그림을 그렸습니다. 그런데 나는 매일 그 시간이 힘들지 않았습니다. 다른 친구들처럼 그림 그리는 것을 좋아하고, 또 친구들과 라면도 먹으면서 그림을 그리니까 좋았습니다. 나는 매일 6시에는 학교 식당에서 저녁을 먹고 다시 작업을 더 하다가 기숙사에 왔지만 매일 작업실에서 그림을 그리는 일은 즐겁고 행복했습니다.

학교 공부가 재미있고, 작품 과제도 늦게 완성하지 않고 일찍 완성해서 교수님에게 칭찬도 많이 받았습니다. 친구들도 부럽다

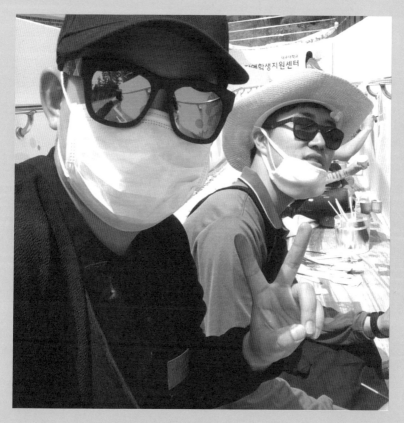

대학교 때 벽화를 그리다가 민석이와 함께

친구들과 있으면 웃음이 났다

생일선물은 용돈

고 했습니다. 4학년 때는 대구경북연합 미대 학생들을 대상으로 하는 '애플 민트'전에서 나의 작품이 제일 먼저 뽑혔습니다. 엄마와 교수님과 민석이와 친구들이 많이 축하해 주었습니다. 나도 정말 기분 좋고 신났습니다. 내가 멋진 화가라고 생각하지만 정말 멋진 화가가 된 것 같았습니다. 왜냐하면 전시회에 작품이 뽑히고, 전시회 때 각종 신문과 잡지에서 작품을 높이 평가하는 기사를 실어 주어 우리 대구대학교도 훌륭하게 생각할 수 있었기 때문입니다. 교수님은 희성이가 학교를 위해서 큰 일을 했다고 칭찬해 주셨고, 축하한다고 말씀하셨습니다. 나는 자랑스러운 '대구대인'이 된 것 같아서 고마웠습니다.

그리고 또 좋은 일입니다. 아시아청년작가인 '아시아프(ASYAAAF)'에 작가로 선정되어서 조형대학 건물에 현수막이 걸렸습니다. 나는 멀리서도 보이는 현수막이 너무 자랑스러웠습니다. 조금 더 크게 보이면 좋겠다는 생각도 했습니다. 나는 상을 받은 후에도 두 번의 초대전을 했고, 약 30여 점의 작품이 판매되어 수입이 생긴 일도 있었습니다. 나는 동생 형우에게 선물도 사 주고 싶었고 아빠와 엄마에게도 선물을 사 주고 싶었습니다. 고맙고 사랑하는 가족이니까요.

나는 대학교 졸업을 앞두고 대학원에 가기로 결심했습니다. 고등학교 때 꼭 대학에서 공부하고 싶었는데 그 꿈이 이루어져서 좋은 친구들과 교수님들을 만나서 즐겁게 미술 공부도 하고 작

미대 졸업식 날 과 친구들과 교수님과 함께

졸업식 날 어머니와 함께

대구대학교

제17179호

상　장

모범상

융합예술학부
현대미술전공
양 희 성

　위 학생은 재학 중 성실한 학교생
활과 DU HEART형 핵심역량 개발을
통해 사랑·빛·자유의 건학정신을 실
현하여 타 학생의 모범이 되었으므로
이에 상장과 부상을 수여합니다.

2019년 2월 22일

대 구 대 학 교 총
문 학 박 사 김 상

졸업식에서 받은 모범상

업도 할 수 있었습니다. 공모전에서 수상도 많이 했고, 전시도 즐거웠습니다. 나는 대학을 졸업하고서 더 크고 행복한 화가가 되고 싶어졌습니다. 내 그림을 좋아하는 사람들을 만나니까 더 그런 마음이 생겼습니다.

전시회에 왔던 사람들은 내게 마음의 위로를 받는다고 말하며 아픈 마음을 위로하고 낫게 하는 '치유의 작가'라고 말했습니다. 나는 그 말이 정말로 좋았습니다. 참 좋은 칭찬입니다. 하나님이 나의 무서워하고 불안했던 마음을 위로해 주셨는데 나도 그런 칭찬을 들으니 더 좋은 그림을 그리고 싶어졌습니다. 더 전시도 많이 하고, 작품도 많이 팔아서 다른 사람들에게 또 돈도 주고 싶었습니다. 나는 첫 전시회에서 작품 판매한 돈을 초등학교 1학년 때부터 만난 '에바다언어치료센터'에 기부했습니다. 김경숙 원장님이 너무 기뻐하셨고 나처럼 언어치료를 받는 친구에게 도움이 되는 언어치료비로 쓰겠다고 말했습니다. 원장님은 내가 자랑스럽고 고맙다고 하셨습니다. 나는 그때 마음이 너무 커지고 행복했습니다. 엄마도 그렇다고 말씀하셨습니다.

나는 훌륭한 화가가 되어서 내 그림을 보는 사람들을 행복하게 해 주고 싶고, 작품이 판매되면 꼭 좋은 일을 하고 싶습니다. 그래서 나는 대학원에 가고 싶었습니다.

임윤수 교수님은 나의 대학원 입학을 기뻐하셨습니다. 희성이가 더 잘하게 될 거라고 칭찬하셨습니다. 그리고 희성이만의 작품을 만들라고 말씀하셨습니다. 나는 대학원에 합격하고서 정말 신났습니다. 그리고 기숙사가 아니라 원룸에서 혼자 살겠다고 엄마에게 말했습니다. 학교 앞에 있는 원룸은 더 깨끗하고, 세탁기도 있고 방 조명도 밝고 예뻤습니다. 나는 이제 혼자 방에서 자고, 요리도 해서 먹고 싶었습니다. 학생이 아니고 대학원에 다니는 작가니까 다 할 수 있었습니다. 엄마는 기숙사에 갈 때보다 마음이 더 가벼워진 것 같았습니다. 아빠와 함께 와서 나와 함께 원룸을 알아보고 계약하고 갔습니다.

나는 엄마가 준 반찬을 냉장고에 잘 넣고, 집에서 먹고 싶은 것도 가지고 왔습니다. 이제는 내가 학교 안에 없는 거니까 조금 무서운 마음도 있었지만 대학원에서 원우들도 같은 원룸에 사는 사람이 몇 명 있어서 괜찮았습니다. 그리고 문단속을 잘 하면 아무 문제도 없으니까 괜찮았습니다. 나는 알람을 맞춰 놓고 아침에 일어나서 이불을 개고, 빵으로 아침을 먹었습니다. 그리고 강의실에 10분 전에 가서 공부하고, 작업하다가 왔습니다. 나는 혼자서 참 잘했습니다. 저녁에는 계란프라이도 하고, 계란밥도 해서 먹었습니다. 음악도 듣고 작은 그림도 조금 그리다가 11시에는 꼭 잤습니다.

대학원에서 공부하는 것은 하나도 힘들지 않았습니다. 나는 대학교 때와 똑같이 작업을 하고 공모전에 작품을 내기도 했습니다. 초대전과 그룹전, 공모전, 개인전도 했습니다. 서울과 대구, 부산, 대전 등 우리나라 곳곳에서 열리는 전시회에 내 작품이 있다고 생각하면 난 정말 훌륭한 기분이었습니다. 하나님도 기뻐하

대학원 졸업식

대한민국청년미술대전공모 수상 축하 현수막 앞에서

자연과 인간의 교감을 그리는 화가 양희성 **69**

임윤수 지도교수님과 함께

실 거라고 믿었습니다. 나도 그림을 그려서 예수님처럼 사람들을 편안하게 해 주는 일을 잘하는 것 같아서 정말 기뻤습니다.

나는 대학원 졸업식 날에는 마음이 더 단단해지는 느낌이었습니다. 대학생 때보다 더 잠도 조금 자고 열심히 작업하고, 전시하고, 공모전에 참가하느라 살도 많이 빠지고 힘도 많이 빠졌는데 마음은 약하지 않았습니다. 나는 훌륭한 화가가 되어서 좋은 일을 많이 하고 싶다는 결심이 더 단단해졌습니다.

하지만 나와 같이 여러 도시를 다녀야 했던 엄마는 좀 많이 지쳤습니다. 긴 시간 운전해야 하고, 사람들을 만나서 내가 한 말을 정확하고 자세하게 다시 말하는 일을, 그래서 인터뷰에도 참여해야 하고, 갤러리 사람들이나 기획가들과도 계속 계속 이야기해야 하니까 정말 많이 힘드셨습니다. 나는 전시 첫날 인사도 하고, 잡지사나 방송국, 신문사 기자들과 인터뷰할 때 많이 떨려서 말도 잘 못하고, 목소리도 안 나오고, 사진 찍을 때 표정도 굳어져서 그때도 엄마가 항상 옆에 있어서 고마웠습니다. 그러니까 엄마는 나보다 더 힘들고 힘든 걸 다 참아서 더 힘들고 아팠습니다. 미안합니다, 엄마.

대학원을 졸업하면서 나를 지도해 주신 임윤수 선생님은 개인전 도록에 글을 남겨 주셨습니다. 내가 교수님을 좋아하는데 교수님도 나를 좋은 제자로 생각하신다고 글을 써서 기뻤습니다.

교수님은 내게 배운 것도 많고, 나의 세계를 경험하는 특별한 경험이 귀하다고 말씀하셨습니다. 여러 신문에서도 소개했던 교수님의 글을 이곳에 남기고 싶습니다.

희성이는 참 밝다. 타인에 대한 긴장이 없고 늘 잔잔하고 선한 상태를 유지하는 것처럼 느껴진다. 만일 복도를 걷다 멀리서 희성이와 눈이 마주친다면, 바로 큰 소리로 불러 인사를 하는 것은 소용이 없다. 대신 가까이 가서, 마치 어쩌다 처음 본 것처럼 "앗, 희성아 안녕!"이라고 하면 희성이도 "아, 안녕하세요!" 그제야 인사를 한다. 나의 연구실에 바로 들르는 법도 없다.

연구실의 반투명 문 앞에서 누군가 한참을 어른어른한다면 좀 기다려야 한다. 틀림없이 희성이가, 그만의 적절한 타이밍에 문을 열고 들어와 사인펜으로 내 이름을 써 놓은 귤 하나, 혹은 요구르트, 비타민 드링크를 주고 갈 것이기 때문이다(이름이 써진 귤이기 때문에 함부로 까기가 아까워 종종 놓아 두곤 한다). 박물관에서 근무하는 옛 제자에 의하면, 한적한 학교 박물관 상설 전시실을 혼자서 열심히 관람하는 관객은 십중팔구 희성이라고 한다.

희성이를 처음 알게 된 것은 과제전에서 만난 그림이었던 것으로 기억한다. 미술대학에서는 으레 한 학기가 끝날 즈음에 수업 시간에 그렸던 작품들을 전시하는데 유독 눈에 번쩍 들어온 그림의 주인이 희성이라고 주변 학생들이 가르쳐 주었다.

입시 미술의 탓인지, 학생들은 원하던 미대에 입학해도 쉽사리 관습적인 그리기를 벗어나지 못한다. 희성이의 그림이 반짝반짝 빛났던 것은 그러한 습관적인 그리기에서 한참은 벗어난 그리기를 하고 있어서이다. 원근은 무시되고, 형태도 정확하지 않지만, 그것은 마치 대가의 그림처럼 군더더기 없이 대상의 본질을 파악하고 있다.

희성이와 많은 대화를 이어 갈 수 없는 것이 때로 안타깝다. 그러나 그 그림들을 보면서 나는 늘 반문한다. 그림은 어디에서 오는 걸까? 그림을 교육한다는 것은 어떤 것일까? 그것이 과연 가능한 일인가? 문화와 예술이라는 범주 바깥에서 피어나는 미술을 아웃사이더 아트(outsider art), 아르 브뤼(art brut)라고 부른다는 것을 알고 있다.

그 전제에는 모더니즘 이후의 미술이 지각과 이성의 산물로 여겨진다는 점이 있을 것이다. 그러나 희성이를 그러한 범주에 넣을 수 있을까? 비장애인으로 불리는 사람들이 모두 천차만별이듯, 장애를 가진 작가들 역시 모두 다르다는 것을 희성이를 보면서 알게 되었다. 게다가 희성이는 자신이 예술가이고 작품을 만드는 것이 어떤 것인지 스스로 잘 알고 있다.

장애와 비장애의 경계는 미술에 있어서 무엇인가? 혹은

장애라는 카테고리로 작가와 작품을 판단하는 것이 타당한가? 또는 그러한 판단 없이 작품을 보는 것은 가능한가? 희성이는 나에게 질문을 던지는 스승이다. 세상에 질문을 던지는 작가이다.

_지도교수 임윤수, '어느 하루' 개인전 서문

나는 지도교수님이 내 그림을 보면서 '그림은 어디에서 오는 걸까?'라는 생각을 한다는 말이 참 마음에 좋습니다. '희성이와 많은 대화를 이어 갈 수 없다.'는 말은 참 미안합니다. 나는 교수님이 참 고맙고 잘 가르쳐 주셔서 그것을 말로 하고 싶었는데 내가 잘 말하지 못해서 미안했습니다. 그래도 내 그림이 말하고 있으니까 다 통한다고 생각합니다. 내 그림을 보는 많은 사람들도 이런 말을 해서 참 고맙고 가슴이 꽉 차는 기분이었습니다.

뜨겁고, 순수한 순간을 전시하다

...

나는 대학을 졸업하고 대학원에 진학하면서 이전보다 더 자주 전시회를 열고 초대작가로 여러 번 전시회를 했습니다.

2022년에는 '대한민국장애인창작아트페어'에 참가하고 '대한민국현대미술대전'에서 특선을 수상했습니다. 같은 해에 '아시아현대미술작가전'에서도 전시가 있었고, '2022조형아트서울전', 청와대 춘추관에서 있었던 '국민 속으로 어울림 속으로 특별전'에도 참여했습니다. 그 밖에 대구와 구미에서 있었던 여러 전시에 참가하느라 나는 정말 슈퍼울트라맨이 되었었습니다.

그래도 나는 좋았습니다. 코로나 때문에 사람들이 잘 만나지 않고, 여행도 하지 못하는데 그림을 보는 일은 우울한 사람들에게 위로와 기쁨을 주는 일이기 때문입니다. 나는 열심히 작업했고, 열심히 전시하면서 기뻤습니다.

그런데 엄마 몸이 많이 힘들어서 걱정이 컸습니다. 내가 조금만 전시하겠다고 하면 좋았을 텐데 나는 다 하고 싶었기 때문입니다.

엄마는 전시 초대가 올 때마다 나에게 물어보았고, 내가 원하면 바로 전시 준비를 도와주셨습니다. 작품을 보내고, 인터뷰를 하고, 모든 전시회 개회식에 다 참석하는 일은 정말 힘들었습니다.

전시회 중에서 2021년에 서울 '노들섬스페이스 제1.2전시장'에서 있었던 초대 개인전은 전시 기간 동안 거의 매일 전시장에서 많은 사람들을 만나고, 사람들에게 인사하고, 작품을 소개하느라 힘들었습니다.

하지만, 내가 그린 그림을 통해 사람들이 좋아하는 모습을 보니 행복했습니다. 전시 제목은 '마음이 닿은 순간'이었는데 정말 멋지고 훌륭한 주제였습니다.

특히, 올해 여름에는 「2024년 대학박물관 진흥지원사업」의 일환으로 대구대학교 중앙박물관이 운영하는 '한국특수교육 130주년 기념 특별전_전시展/視의 확장, 감각을 깨우다'의 특별초대전에 초대되어 전시를 해서 기뻤습니다. 모교에서 교수님과 관장님께서 전시장을 멋지게 꾸며 주셔서 기분이 좋았습니다. 작가 인사도 하고 신문과 많은 곳에 기사가 실리고 인터뷰 영상이 나갔습니다. 총장님과 교수님, 장애인지원센터, 장애인고용공단, 커스프 부장님, 그리고, 많은 지역에서 오신 아는 분들을 만나서 참 반가웠습니다.

나는 전시에서 사랑하는 사람들과 함께했던 순간을 그린 작품

초대 개인전 <마음이 닿은 순간>

시선 2(162×130cm) oil on canvas 2018

그리움(91×116.8cm) oil on canvas 2020

을 전시했습니다. 특히 사랑하는 사람들과 함께 여행하며 느낀 감동을 그린 작품들이 많았습니다. 가족과 함께 여행하면 나는 내 몸에 좋은 공기와 깨끗한 물이 가득 들어 있는 것 같은 기분이 듭니다. 너무 깨끗하고 가벼운 기분은 하늘로 날아오를 것 같은 웃음을 만듭니다. 나는 아빠 옆에서, 엄마와 함께 웃고, 또 웃습니다. 자꾸 웃는 것은 행복하기 때문입니다. 나를 사랑해 주는 사람들의 마음이 나를 소중하게 만들기 때문입니다.

지금은 돌아가셨지만 할아버지는 나를 참 많이 사랑하셨습니다. 할아버지가 사랑한다고 말하지 않았지만 나는 잘 알고 있습니다. 할아버지는 하나님처럼 목소리 없는 따뜻함으로 사랑한다고 알려 주었기 때문입니다.

나는 할아버지가 사 주신 바람 타고 걷는 말이나 쭉쭉 밀면 달리는 미니 자동차를 기억합니다. 고무줄이 달린 손잡이를 뽁뽁 누르면 바람이 들어가서 말이 앞으로 달립니다. 조금 가다가 쓰러지지만 다시 바람을 세게 꾹 눌러 넣으면 벌떡 일어나서 달립니다. 넘어졌지만 계속 달리는 말이 귀여웠습니다. 미니 자동차는 금세 고장났지만 동생 형우랑 뒤로 쭉 당겼다가 놓으면 쌩하고 앞으로 달려갔습니다. 할아버지 집 장롱 밑으로 들어가 버리면 할아버지는 등을 긁는 효자손을 장롱 밑으로 넣어서 휘적휘적 움직여서 미니카를 찾아 주셨습니다. 그렇게 할아버지가 찾아 주면 미니카에서는 할아버지 냄새가 났습니다. 나는 쓱쓱 닦아서 다시 형우랑 가지고 놀았지만 할아버지 냄새가 더러워서 닦은 것은 아니었습니다. 장롱 밑에 먼지가 묻어 있었기 때문입니다.

　나는 할아버지를 생각하면 가만히 할아버지가 나를 부르고 웃었던 얼굴이 떠오릅니다. 그래서 보고 싶은 할아버지를 그렸습니다. 이제 만날 수 없는 할아버지이지만 먼저 하늘나라에 가셨으니까 내가 할아버지가 되어서 다시 만날 날을 기다리고 계실 겁니다. 할아버지가 보고 싶어서 그림을 그렸는데, 지금 다시 사진으로 그림을 보니까 할아버지를 사랑하는 마음이 생깁니다.

　노들섬스페이스 전시에는 한강에 산책 나온 사람들이 많이 왔습니다. 그리고 점잖게 작품을 보았습니다. 홍콩 야경 그림을 보면서는 홍콩에 여행 갔다 온 이야기를 하고 그때 참 좋았다고 말했습니다. 홍콩에서 먹었던 음식과 배를 타고 본 홍콩 야경을 말하며 빨리 코로나가 끝나면 좋겠다고 말했습니다.

　내 작품 〈홍콩 야경〉은 건물들의 화려한 조명이 그대로 물속에 빠져 버려서 물빛이 붉습니다. 그리고 출렁입니다. 이 모습은 여행의 추억을 강하게 두드리고 있었습니다.

　〈홍콩거리〉 작품에는 내가 나옵니다. 풍경을 그린 작품에 나를 넣었던 적은 없는데 이 작품에서는 길을 걷고 있는 내 모습을 그렸습니다. 푸른 하늘 아래 각각 다른 색을 가진 건물이 솟아 있는 속에서 나는 서 있습니다. 하늘을 보는 것인지, 건물을 보는 것인지 알 수 없는데 나는 많은 사람들 사이에서 튼튼하게 서 있습니다. 혼자 서 있는 모습이 쓸쓸하지 않고 건강해 보입니다. 나

대구대 중앙박물관 전시장에서

대구대 중앙박물관 전시장에서

도 풍경 속에서 풍경이 됩니다. 이 그림에서는 홍콩의 건물과 푸른 하늘과 바쁘게 걸어가는 사람들과 여행하는 듯한 나를 찾을 수 있습니다. 사람들은 풍경 속에서 여러 가지 생각과 느낌을 찾을 겁니다. 그러니까 우리는 모두 풍경 속에 있는 것이고, 그 풍경이 우리가 되는 것이기도 합니다.

2023년 10월 '세종지혜의 숲' 갤러리와 그 이전에 전라도 광양에서 있었던 초대 개인전은 거의 한 달 정도 계속했습니다. 그동안 작업했던 작품 중에서 선택해서 전시했는데 전시회 주제가 '순수의 빛'이었습니다.

박소현 평론가님이 작품에 대한 평을 하셨는데 그 글의 제목이 '본연적(本然的) 순수(純粹)의 세계와 치유의 힘'이었습니다. 지금까지 많은 평론가님들이 내 작품에서 느껴지는 정서와 감동을 말씀하셨고 내가 밑그림 없이 바로 그림을 시작하는 방식을 특별하다고 말했습니다. 그리고 그러한 방식을 발달장애 작가들의 특징이라고 말했습니다.

평론가님 말씀이 맞습니다. 나는 처음부터 작품의 크기를 결정합니다. 아사지를 캔버스 틀에 덮고 가장자리를 팽팽하게 정리합니다. 그리고 젯소를 바르면 그림을 그릴 수 있는 캔버스가 완성되는데 나는 작품을 하기 전부터 캔버스의 크기를 결정하고 그다음에는 캔버스에 바로 그리기 시작합니다. 왜 그렇게 하는지는 잘 모르지만 내 마음과 머릿속에 있는 그림을 옮기는 겁니다. 그 시간은 좀 오래 걸리는데 50호 정도의 작품이라면 3~4개월이 필요합니다. 색을 여러 차례 얹히고 시간이 흐르면 조금씩 바뀌는 것도 있기 때문입니다. 대부분의 작품은 생각한 것이 그대로 옮겨지는데 그래도 표정이나 움직임은 조금 달라지는 것 같습니다.

나는 그리고 싶은 풍경을 사진 찍고 그것을 보고 그리기도 하는데 대부분은 조금씩 바뀌는 것 같습니다. 마음속에 이미 그때의 풍경이나 느낌이 사진처럼 있기 때문인 것 같습니다. 그러니까 머리로 기억하는 것이 아니라 마음으로 기억하기 때문에 조금씩 달라지기도 합니다. 이것은 나만 아는 것이기 때문에 그림을 보는 사람들은 잘 모릅니다. 나는 이 말을 관람객들에게 해 주고 싶어서 전시에서 토요일과 일요일마다 두 번씩 도슨트 프로그램을 진행했습니다. 대본을 만들고 엄마와 많이 연습했습니다. 그래도 떨리는 마음을 이길 수 없을 것 같아서 기도하는 마음으로 준비했습니다. 10번도 넘게 도슨트를 하면서 매번 엄마와 함께 연습했지만 떨리는 건 똑같았습니다. 나는 사람들이 많지 않을까 그것도 걱정되었는데 나중에는 수어 통역해 주시는 선생님과 함께 진행할 때 같이 연습하니까 선생님이 내가 말하기를 기다려 주고 끝나면 또 천천히 기다려 주고 수어로 통역하셔서 마음도 편안해졌습니다. 도슨트 프로그램은 많은 관람객이 찾아 주셔서 너무 감사하고 기뻤습니다.

나비와 꽃에 집중했던 2021년과 2022년, 2023년의 작품들은

도슨트 프로그램 진행 중

처음 생각한 모습과 사진으로 남긴 모습과 조금씩 달라진 것 같습니다. 나비의 날갯짓이 조금 다르고 꽃들의 웃음이 조금 다릅니다. 사진으로 찍을 때는 활짝 피어서 기쁘게 웃는 꽃이 있었는데 그림을 그리면서는 조금 부끄러워하는 마음도 있는 것 같다는 생각을 해서 활짝이 조금 활짝으로 되는 것입니다. 그림 속 나비와 꽃은 매일매일 조금씩 다르게 움직입니다. 내 그림이 살아 있는 것 같습니다. 내일은 또 다른 얼굴과 다른 몸짓이 나타날 겁니다. 나비와 꽃이 보여 줄 겁니다, 생명이니까요.

국화는 가늘고 긴 꽃잎들이 어깨동무를 하고 서로 붙들어 주면서 웃습니다. 그래서 작고 가는 꽃잎은 작은 바람에도 떨어지지 않습니다. 개망초 꽃잎도 작은데 국화가 안아 주니까 걱정도 없이 활짝 웃습니다. 그 옆의 마가렛 꽃은 언니답게 개망초 옆을 지켜 줍니다. 다알리아는 친구끼리 더 붉고 선명한 빛을 가졌다고 다투지 않습니다. 자기만 더 예쁘다고 말하지 않고 서로서로 가까이 서서 사진을 찍고 싶은 것처럼 나를 바라봅니다. 나는 그 모습이 예뻐서 사진을 찍었습니다. 아름다운 것들이 함께 있으니 더 아름답고 예뻤습니다.

나비도 꽃들의 얼굴을 보려고 찾아온 것 같습니다. 아름다운 꽃은 향기도 좋아서 나비를 초대한 것입니다. 나비는 꽃잎 위에 살짝 앉아서 날개를 조용히 펼칩니다. 아마도 꽃이 놀랄까 봐 그런 것 같습니다. 나비는 꽃잎 위에 가만히 앉아서 꽃의 향기를 맡

마음이 닿은 순간(60.5×72.6cm) 캔버스에 혼합매체 2023

소망의 꽃밭(145.5×97cm) oil on canvas 2022

?

습니다. 그러니까 나비의 날개에서는 빛이 납니다. 꽃과 나비는 서로를 아껴 주고 도와주는 착한 마음을 가져서 아름답습니다. 그리고 빛이 납니다. 나는 꽃과 나비를 닮고 싶습니다. 다른 사람들을 놀라게 하지 않고, 지켜 주고, 도와주는 꽃과 나비가 되어 빛나고 싶습니다. 꽃과 나무, 나비와 초록 잎사귀들이 함께 있는 자연은 많이 다르고, 또 조금 다르면서 아름답습니다. 서로 어울리니까 아름답습니다. 서로를 아름답게 만들어 줍니다. 그래서 나는 꽃과 나비가 참 좋습니다.

이렇게 우리가 살아가는 세상도 행복으로 반짝반짝 빛나면 좋겠습니다.

2022년과 2023년에 그린 작품들은 대부분 꽃밭과 꽃과 나비가 만났을 때입니다. 작품 제목도 '소망의 꽃밭'이거나 '설레는 첫 만남'입니다. 그것은 내가 꽃을 보고 소망이 생겼기 때문입니다. 바로 사람들도 꽃처럼 나무처럼 함께 어울려서 행복하게 살았으면 좋겠다는 마음입니다.

서로를 칭찬해 주면 사람들은 참 아름답습니다. 꽃과 나무가 우리에게 아름다움을 가르쳐 주고 있는 것 같아서 나는 꽃밭을 그리고, 서로 다른 꽃과 나비를 그립니다.

나비의 날개를 가만히 살펴보세요.
꽃잎이 살살 움직여서 나비를 놀라게 하지 않는 모습을 보세요.

두 생명은 서로가 놀라지 않도록 만나고 도와주고 서로가 가장 아름다운 모습을 찾아 줍니다.

서로를 이해하니까 그 모습이 더 아름다운 겁니다. 나는 꽃과 나비 사진을 찍으면서 꽃이 예쁘고, 나비의 날개가 화려해서 아름다운 것보다 둘이 서로를 아껴 주고 생각해 주는 마음이 보여서 더 예뻤고 감동했습니다. 나의 작품을 보시는 분들도 그 마음을 발견하면 좋겠습니다.

가족은 사랑이고 나의 힘입니다

...

내가 가장 좋아하고 아끼는 작품은 〈자갈의 노래〉입니다. 엄마, 아빠와 울산으로 여행 갔을 때 바다의 파도 소리를 듣고 사진을 찍은 후에 그렸습니다. 나는 파도가 밀려와서 자갈을 씻기고 다시 돌아가는 모습이 마치 노래를 하는 것처럼 들렸습니다. '쏴아~' 달려와 자갈을 쓰다듬고 닦이고 '쓰스스' 물러나는 파도는 꼭 엄마가 나를 위해서, 엄마가 온몸에서 힘을 불러내는 것처럼 보였습니다. 마치 엄마는 파도처럼 나에게 달려와서 나를 아끼고, 안고, 쓰다듬어 줍니다. 그리고 다시 멀리 물러납니다.

이제는 자갈들이 햇빛을 받아 반짝이는 것처럼 내가 다른 자갈들과 함께 노래하며 반짝이기를 바라는 마음입니다. 그러면 자갈이 파도가 있어서 반짝이는 것처럼 나는 엄마가 애쓰고 아껴주어서 반짝입니다, 신나게 노래합니다. 나와 엄마처럼 자갈도 파도와 가족입니다.

자갈의 노래(162×112cm) oil on canvas 2018

추억의 스위스(145×112cm) oil on canvas 2018

나는 아빠를 참 좋아하고, 아빠가 웃는 모습은 참 멋집니다. 동생 형우도 멋진 군인입니다. 형우는 ROTC로 군대에서 일하고 나오면 씩씩하고 착하게 잘살 겁니다. 형우와 나는 2017년에 둘이서만 유럽 여행을 한 적이 있습니다. 사나이들끼리 여행을 한 것입니다. 우리는 오랫동안 걷고, 아름다운 유럽의 하늘과 그리스 푸른 바다 위에 파도처럼 흰 지붕을 가진 집들도 구경했습니다. 스위스에서는 또 파도처럼 흰 눈 이불을 덮은 집들을 보았습니다. 카프리섬도 스위스도 모두 푸른 하늘 아래서 반짝였던 곳입니다.

나는 형우에게 자랑스러운 형이 되고 싶어서 대학교 때는 장학금도 받고, 공모전에서 수상하고, 초대작가가 되거나 인터뷰를 할 때에는 꼭 이 사실을 형우에게 말했습니다. 그러면 형우는 나를 더 멋지다고 말하고 엄지를 올려 줍니다. 나는 형우 생일에 동생에게 용돈도 줍니다. 형우는 내가 전시할 때마다 서울도 오고, 광주도 오고 다 오기 때문입니다. 나는 형우에게 군대 생활이 힘들지만 잘 견디라고도 말해 줍니다. 비가 오면 힘내라고 카톡도 합니다. 그렇게 말하면 동생은 조금 햇빛에 탄 얼굴로 씩 웃습니다. '고맙다'고 재미있는 이모티콘도 보냅니다. 나는 동생과의 여행에서 사진도 많이 찍었고, 그것을 그림으로도 많이 그렸습니다. 완성된 작품을 볼 때마다 형우와 함께했던 여행을 생각합니다. 함께 보았던 푸른 바다와 파도가 출렁일 때마다 춤을 추는 것

사랑하는 가족

아빠와 함께

같았던 카프리섬의 키 작은 집들도 다시 눈에 보입니다.

    나는 여행을 하면서 나와 함께 있는 사람들을 생각합니다. 아름다운 풍경을 볼 때는 아름다운 사람이 생각납니다. 모든 아름다움은 함께 있을 때 완성되기 때문에 나는 여행을 하면서 가족을 생각하고 친구들을 생각한 적이 많습니다.

    아빠는 내 작업실, '희재예술발전소'에 필요한 도구를 찾아 주십니다. 희재는 내 호입니다. 빛나는 재능을 가진 화가라는 뜻입니다. 희재예술발전소는 엄마와 아빠가 만들어 주신 나의 작업실입니다. 크고 넓은 곳이지만 공간을 나눠서 그림 그리는 준비를 하는 곳과 그림을 그리는 곳과 그림을 보관하는 곳으로 나누어서 사용합니다. 아빠가 찾아 주시는 미술도구도 그림을 준비하는 곳에 보관합니다. 그런데 이제 많은 것들이 있어서 자리가 좁아졌습니다.

    엄마는 아버지가 가지고 온 재료를 가지고 작업실에 필요한 선반도 만들고 책상과 의자도 만듭니다. 엄마는 그런 것을 해 본 적이 없는데도 잘합니다. 엄마는 전동 톱으로 자르고 전동 못질도 잘합니다. 지금 나의 작업실에 있는 도구와 선반은 아빠와 엄마의 합동작전이 만들어 낸 것들입니다.

    나는 요즘 물감을 뿌려서 채색하고 싶어서 엄마에게 말했더니 엄마는 인터넷으로 저와 함께 어떻게 생긴 물건인지 찾아보셨습니다. 스프레이 같은 것이냐고 물어보시고 함께 사진을 찍었는데,

양희성 작가는 선한 그림으로 선한 영향력을 전파하는 위로와 치유의 화가이다.
발달장애 예술가인 그는 타고난 재능과 엄청난 양의 습작으로 현대의 화풍을
만들어냈다. 대개 밑그림을 그린 후 채색을 하는 방식과는 달리 곧바로 색으로
형태를 잡고 그림을 완성하는 것이 그만의 독특한 작업방식이다. 그렇게 순수한
손끝에서 탄생한 작품은 투박하지만, 누구나 편하게 이루어진다는 따뜻한 위로의
메시지를 전한다.

작업의 주제는 가족과 여행, 꽃과 나비가 주를 이룬다. 가족과 함께 떠나는 여행,
산책길, 일상에서 만난 모든 것이 작업의 연장인 셈이다. 서로를 위하는 마음, 사랑,
애틋한 감정은 작품에 녹아들어 관객에게 고스란히 공유된다.

특히 꽃과 나비는 작가가 전달하고자 하는 선한 영향력이 잘 드러난 작품이다.
양희성 작가는 나비가, 세상은 꽃밭이 된다. 나비의 작은 날갯짓으로 꽃밭의 향기를
마케리하여 긍정의 메시지를 나누며 행복을 전파한다.

전시장에서 동생 형우와 함께

나는 물 뿌리는 것보다 훨씬 세게 물감을 뿌리는 거면 좋겠다고 생각했습니다. 그래서 엄마와 아빠는 여기저기 물어보고서 화방이나 자재 공구상가에서 필요한 재료를 가지고 왔다고 했습니다. 산소통이 달린 것으로 강력한 바람으로 물감을 뿌린다고 했습니다. 엄마는 곧 기계가 만들어질 거라고 했습니다. 내가 슈퍼맨이 아니고 엄마가 슈퍼맨입니다.

　엄마와 아빠는 이렇게 날 도와주고 응원해 줍니다. 내가 그림을 그리면서 마음이 평화로워지고 편안하니까 아빠는 행복하고 감사하다고 말합니다. 그래서 아빠는 나와 엄마 다음으로 교회에 와서 예배를 합니다. 지금은 우리 가족 모두 하나님을 알고 주일에 기쁘게 예배를 드리고 있습니다. 아빠는 나와 함께 운동도 많이 합니다. 같이 등산도 하고 골프도 합니다. 계속 그림만 그리고 있으면 건강을 잃는다고 아빠는 나를 데리고 밖으로 갑니다. 너무 오랫동안 작업실에 있으면 걱정하십니다. 건강이 제일 중요하다고 말합니다. 나는 아빠와 등산하고 산책하는 일이 행복합니다. 아빠가 나를 보고 웃으면 정말 행복합니다. 웃음은 행복입니다, 또 평화입니다.
　교회 청년부 친구들도 가족입니다. 우리는 기도 모임을 하고 기도 제목을 말하고 서로를 위해서 기도합니다. 찬양도 하고 성경공부도 합니다. 이번 겨울에는 내가 계속 전시를 하고 작업도 많이 하다가 새벽기도에 나가서 잠깐 쓰러진 적이 있습니다. 엄마는

구미시민교회 HARA영성부원들과 함께

하루에 한 번 성경 읽기

너무나 크게 놀라서 모든 것을 멈추고 나를 데리고 제주도에 간 적이 있습니다. 작업실을 떠나야 내가 편안하게 쉴 수 있다고 말했습니다. 나는 작업실에서 그림을 그리는 일이 너무나 좋은데 계속 그리면 너무 많은 시간이 흐르기도 합니다. 엄마가 시간을 말해 주지 않으면 몇 시가 되었는지 몰라서 사실 점심시간과 운동 시간을 맞춰 놓고 꼭 지키고 있습니다.

그날도 집에 와서 좀 많이 피곤해서 잠들었는데 엄마가 새벽기도에 가지 말고, 쉬라고 했는데 나는 너무 가고 싶었습니다. 엄마도 몸살이 났습니다. 그래서 새벽에 몰래 택시를 타고 교회에 갔는데 교회 본당에 앉아 찬양을 시작하다가 쓰러진 겁니다. 온 가족이 너무 놀랐고, 마음 아파해서 너무 미안했습니다. 교회 목사님과 사모님, 장로님들께서 나를 안정시켜 주고 병원에 도착할 때까지 편하게 누워서 쉴 수 있도록 해 주어서 참 고마웠습니다. 청년부 친구들과 교회분들도 나의 사랑하는 가족입니다. 힘들 때마다 서로를 도와주는 마음은 사랑이고, 사랑하는 마음은 모두가 가족이 되게 합니다. 하나님이 이 모습을 보고 참 행복하셨을 거라고 생각해서 나도 기쁘다고 기도했습니다. 좋은 친구들을 만나게 해 주시고 가족을 만나게 해 주셔서 고맙다고 기도했습니다.

그리고 내 사랑하는 '방울이'도 가족입니다. 방울이는 2023년 5월에 산으로 갔습니다. 이제는 나와 함께 살지 않지만 중학교 2

나의 가족, 나의 친구 방울이

학년 때 만난 방울이는 나와 함께 산책하고 텔레비전도 보고, 나에게 뽀뽀도 많이 하고 내 옆에 엉덩이를 대고 앉았던 애교쟁이였습니다. 눈이 동그랗고 방울방울 거미줄에 매달린 이슬방울처럼 맑고 깨끗해서 만나자마자 이름을 방울이로 지어 주었습니다. 방울이는 밥도 잘 먹고 사람들을 깨물지도 않는 착한 강아지였습니다. 나는 방울이를 산책시키고 목욕도 시켜 주면서 이 작은 방울이가 나에게 큰 사랑을 주는 것을 알 수 있었습니다. 그래서 방울이 사진도 많이 찍어 주었습니다. 방울이가 떠나고 나는 집에 없는 방울이가 많이 보고 싶고 마음도 슬퍼졌습니다. 작업실에 방울이 사진을 많이 붙여 놓았습니다. 아침 일찍 집에서 나와 작업실에 앉아서 방울이 사진을 계속 보았습니다. 방울이가 나를 바라보고 웃고 있었습니다. 그렇게 나는 매일 방울이를 만났습니다.

그리고 한참 지난 후에 작업실에서 방울이 사진을 한 장씩 떼어서 앨범에 꽂아 두었습니다. 다음 날에도 작업실에 일찍 나와서 캔버스 앞과 장식장, 선반에 붙여 둔 방울이 사진을 한참 보았습니다. 방울이는 산에서 마음껏 뛰어놀고 살고 있을 겁니다. 이제는 집에서보다 넓은 곳에서 마음껏 뛰어다닐 겁니다. 방울이는 다리도 가늘고 날씬해서 더 잘 달릴 수도 있을 겁니다. 방울이를 보다가 사진을 세 장 떼어서 앨범에 넣었습니다. 작업실에 방울이 사진이 두 장 남았을 때 엄마가 나에게 물어봤습니다.

"희성아, 방울이 사진은 왜 다시 떼는 거야?"
"이별하는 겁니다."

엄마는 또 물어보지 않으셨습니다.

 나는 방울이와 이렇게 이별했습니다. 나를 사랑해 준 사람들과 방울이와 꽃과 나비와 숲속 새들은 고맙고 소중한 존재입니다. 다시 볼 수 없는 것은 슬픔입니다. 나는 다시 보고 싶은 마음을 잘 참고 눈물나지 않게 이별했습니다. 언젠가는 방울이 얼굴을 그리겠습니다.

인터뷰는 긴장합니다

...

나는 인터뷰를 할 때 가슴이 쿵쾅댑니다. 대학교 입학시험에서도 많이 긴장했습니다. 교수님들이 내게 질문하시는데 나는 준비를 많이 하고, 또 김경숙 원장님에게 도움을 받아서 말하기 연습을 많이 했는데도 인터뷰할 때는 몸이 떨리고 눈동자도 떨리고 심장이 쿵쾅거려서 그 소리가 귓속까지 들렸습니다.

엄마는 다른 사람들도 다 그렇다고, 괜찮다고, 엄마와 이야기하는 것처럼 말하면 된다고 말하지만 나는 처음 보는 사람들과 이야기를 하는 것이 조금 자신이 없어서 시간이 길어지면 눈물이 조금 날 것도 같이 많이 긴장하고 피곤합니다. 빨리 집에 가거나 작업실에 가면 좋겠다고 생각합니다.

그런데 내가 꼭 가고 싶었던 대학에 입학하려면 꼭 한 번은 참고 잘해야 합니다. 만약 이번에 떨어진다면 나는 다음 해에도 도전할 것이기 때문에 무섭고 떨려도 꼭 참아내야 합니다. 그랬더니 합격이라는 기쁜 소식이 있었습니다. 소망을 이루려면 참아야 하

2022 청와대 춘추관 특별전 작가와의 만남

는 것도 있습니다.

　대학원 입학 때는 인터뷰가 조금 덜 떨렸습니다. 한 번은 해 봤기 때문에 그런 것 같았습니다. 그리고 내가 하고 싶은 작업과 꿈을 말하는 것은 나는 너무나 잘 말할 수 있었기 때문에 아주 많이 떨리지는 않았습니다. 그러니까 나는 성장한 겁니다.
　나는 지금도 텔레비전 인터뷰나 뉴스 문화산책 등의 코너에 소개되는 일이 많습니다. 그래서 카메라가 와서 촬영하고 인터뷰를 하는 일이 많습니다. 나는 그때마다 많이 떨리지만 두 가지를 생각하고 긴장하는 마음에게 '괜찮다', '잘할 수 있다'고 조용하게 말합니다. 내 마음을 안정하게 만들기 위해서입니다.

　그 두 가지 중 하나는 내 그림을 보고 치유를 받는다고 말하는 사람들에게 고마워서입니다. 나는 내 마음을 표현한 것인데 나처럼 내 그림을 보고 마음이 평화로워지고 행복했다는 사람들이 있다는 것을 알게 되고 참 놀라고 기뻤습니다.
　나는 그분들처럼 자세하게 말하는 것이 조금 어렵지만 그분들이 나랑 자세하게 말하지 않아도 내 그림을 보고 내 마음을 알게 되고, 그 사람들도 나와 같은 마음이 된다고 생각합니다. 그리고 사람들의 마음의 슬픔이나 걱정이 더 크게 슬픔이 되고 고민이 안 되거나 아예 사라졌다고 해서 참 감사한 일이고 고마운 일이라고 생각합니다. 그리고 그런 말을 많이 들으면 내가 참 멋진

KBS <문화스케치> 출연 모습

사람이라는 생각을 합니다.

다른 사람들이 행복했다면 나는 참 멋진 사람이지요.

그리고 또 하나는 나와 같은 발달장애 작가들이 세상에 많이 나와서 빛을 내면 좋겠다고 생각하기 때문입니다. 하나님이 주신 재능은 나만 가지고 있는 것이 아닙니다. 엄마도 선생님도 그런 말씀을 많이 했습니다. 그리고 내가 많이 알려지면 아직 자기의 빛을 모르는 사람들이나 아직 찾지 못한 사람들이 하나님에게서 받은 빛을 낼 수 있게 도울 수 있습니다. 나는 하나님이 예수님을 보내신 것처럼 나도 기쁘게 하나님이 나를 통해서 하고 싶은 일이 이것이라고 생각하고 믿습니다. 그래서 나는 인터뷰가 좀 떨리고 많이 긴장하고 다시 찍자고도 해서 피곤하지만 열심히 할 겁니다.

"나를 보고 힘내세요."
"나를 보고 빛을 찾으세요."
"여러분도 빛입니다."

초대전이나 개인전이 있을 때는 여러 곳에서 인터뷰 요청이 있습니다. 미술 잡지나 예술 관련 잡지에서 인터뷰를 하고 전시를 소개하거나 발달장애 작가로 나를 소개하는 일이 많습니다.

2023년 겨울에는 한국메세나협회서 발행하는 잡지 『메세나

『메세나』 VOL120, 2023년 12월호

(mécénat)』의 특별주제가 '장애인예술과 메세나'였습니다. 그 잡지에 나의 전시와 작품이 소개되었는데 내 얼굴이 아주 크게 나와서 멋졌습니다.

잡지에서는 '다르고 특별한 예술'로 장애인예술의 아름다움을 이야기했습니다. 내 작품이 장애인예술 세계를 보여 주는 대표 예가 된 것은 참 영광스러운 일입니다. 나는 몸도 튼튼하게 해서 지치지 않고 그림을 그리는 화가가 되겠습니다.

나의 꿈, 나의 미래

...

　나는 참 좋은 작가가 되고 싶습니다. 지금 사람들이 내 작품을 보고 행복하다고 말하는 것을 오래오래 듣고 싶습니다.

　나는 그림 그릴 때 참 행복하고 마음이 편안합니다. 나는 그 일이 참 고맙고 기쁜데 이것은 하나님이 주신 마음이라고 생각합니다. 그래서 내 그림을 보고 '마음이 편안하다', '위로를 받는다'고 말하는 사람들에게도 고마운 마음이 생깁니다. 나는 더 많은 사람들이 내 그림에서 아프고 힘든 마음을 위로 받으면 좋겠습니다. 그림을 보는 사람들이 까만 마음이라면 그 마음에도 나비가 날고 꽃이 피면 좋겠습니다. 그래서 그들 모두 나처럼 그림 속에서 행복하면 좋겠습니다.

　내가 그림을 그리면서 느끼는 편안한 마음과 행복은 꽃과 나비와 바다와 공기와 물과 바람이 보이지 않게 움직이는 것을 보여 줄 때입니다. 나는 바다와 공기의 움직임이 우리를 감싸 준다고 생각합니다. 꽃과 나비가 서로를 아끼고 좋아해 주는 마음이 우리를 행복하게 해 줍니다. 그러니까 내 그림을 본 사람들이 나처럼 평온하고 따뜻한 마음이 느껴져서 좋은 겁니다. 나는 앞으로도 계속 사람들이 행복하고 평온해지는 그림을 그리고 싶습니다.

그리고 장애예술인과 화가들이 모여서 그림 그리고 행복하게 웃으며 이야기하고 더 좋은 그림을 그리고 전시할 수 있는 공간을 만들고 싶습니다. 나는 그 공간을 지금부터 생각하고 있습니다. 설계도도 그리고 있습니다. 바로 복합문화예술관입니다.

내가 생각하는 복합문화예술센터는 5층까지 있습니다. 1층은 카페이고 작품을 판매하는 갤러리도 있습니다. 2층은 세미나실이고, 3층은 이제 그림을 시작하는 어린이들과 어른들에게 그림을 가르쳐 주는 교육실입니다. 4층은 전시실과 사무실입니다. 이곳에서는 작가들의 작품으로 굿즈를 만들고 어떤 상품을 만들까 고민합니다. 촬영도 하고 영상도 편집하는 곳이 4층에 있습니다. 5층은 옥상입니다. 작업을 하다가 피곤하면 바람을 쐽니다.

이곳에 오는 사람들은 어떤 곳에도 자유롭게 갈 수 있습니다. 예술공간에는 언제나 좋은 음악이 흐르고 작가들은 열심히 작업을 합니다. 나는 작업을 하기도 하고, 새싹 장애예술인에게 미술을 가르쳐 줄 수도 있습니다. 우리는 1층 카페에서 맛있는 차도 먹을 수 있습니다. 나는 이런 복합예술공간을 만들고 싶습니다. 그래서 많은 장애 작가들을 만나고 작업도 하고, 작품도 판매해서 부자를 만들어 주고 싶습니다.

이런 나의 꿈은 상상만 하는 것은 아닙니다. 나는 내 작품으로

장애인기업 대표로 강의 듣는 중

장애인기업 대표로 강의 듣는 중

나의 숲-봄(131×97.3cm) 복합재료혼합 2024 / 2024이원형어워드 수상작

굿즈를 만들고 있습니다. 나는 장애인기업 대표입니다. 특화사업장에 입주기업으로도 들어갔습니다. 상반기에는 굿즈 판매 쇼룸과 사무실, 작업실과 작은 전시실도 계획 중입니다. 잘 준비해서 빨리 시작하고 싶습니다. 그러면 돈도 모아서 문화복합예술공간을 만들 수 있을 거라 믿습니다. 나는 기도도 열심히 하니까 잘할 수 있다고 생각합니다.

나는 사람들이 행복하면 너무 좋습니다, 모두 행복하게 살 수 있게 행복한 그림을 그리는 행복한 작가가 되겠습니다.

"희성아, 희성아! 됐단다. 이원형어워드!"
"정말요? 제가 선정된 거예요?"

나는 두 손 모아 '하나님~ 감사합니다.'라고 감사기도를 드렸습니다.
의미 있는 상을 받게 되어 너무 기쁩니다. 새로운 작업을 하면서 참 힘들었습니다. 그런데 이렇게 작품에 대한 제 마음을 알아 주시고, 받아 주신 것 같아 행복합니다.
이원형어워드 선정작은 〈나의 숲:봄〉으로 사계절의 숲을 시리즈로 구상하며 작업을 했는데 나의 숲 시리즈 첫 번째 봄이 선정되어 이번 작업에 자신감이 생겼습니다.
이원형어워드 심사위원장 성산효대학원대학교 예술융합학과

박현희 교수님의 작품평을 보니 너무나 기뻐서 눈물이 났습니다.

예술창작의 깊은 열정과 창의적인 작품들을 선보인 이원
형어워드는 장애예술인들의 수준 높은 창작력을 다시 한
번 상기시켜 주었습니다. 특히 양희성의 작품 〈나의 숲〉은
자연 본질에 대한 생명 에너지를 정교하게 표현하고 있습니
다. 흰 자작나무의 세밀한 표현력과 함께 풍부한 녹색 배
경을 통한 깊은 숲의 환상적인 이미지는 자연과 인간에 대
한 내밀한 교감을 담아낸 심오한 메시지를 줍니다. 거듭 축
하드리며 향후에도 끊임없이 예술의 길을 걸어가길 기원합
니다.

_성산효대학원대학교 예술융합학과 박현희 교수

양희성 작가는 밑그림 없이 채색 작업을 하고, 기획 없이 구도를
잡는 독특한 회화 방식은 계획되거나 꾸려진 아름다움을 거절하
고 예측할 수 없는 순수의 세계를 탐색하도록 추동한다. 그래서
인지 작가의 작품을 감상한 이들은 작품에 '가슴을 울리는 선한
영향력'이 있다고 말한다. 예술의 모든 경계를 허물고, 견고했던
예술적 사고의 틀을 흔드는 그리하여 세상에 희망을 전하는 따
뜻하고 맑은 청년 화가이다.

이는 또한 그림을 통해 사람들을 행복하게 해 주고 싶다는 작
가의 신념이 잘 전달된 것이다. 작가는 가족과의 일상에서 감지

한 특별한 인상과 소망을 캔버스에 따뜻하게 표현한다. 그것은 꽃이 놀랄까 살포시 내려앉은 나비의 모습이기도 하고, 서로 다른 꽃들이 흐드러지게 피어 어울린 꽃밭이기도 하다. 푸른 하늘 아래 조금씩 다르고 같은 집들이 만드는 조화로움이고 동화 같은 몽환적 풍경이기도 하다. 이 모두는 제각각 다르지만 공통적으로 배려 깊다. 하늘은 바다에 그렇고, 나비는 꽃잎에 그렇다. 작은 것들의 작은 움직임에도 관심과 관찰을 멈추지 않는 작가의 눈길이 순수하고, 빛보다 찬란하다.

　작가는 그림을 그리는 일이 세상과 소통하는 행복과 감사라고 말한다. 그리고 어릴 적 그렸던 그림 속 한 점 한 점의 빛들에 설렜던 경험을 선명하게 기억하고 그 빛의 따스함을 알려 주고 싶어 한다.

엄마에게 허락한 글쓰기 한쪽

...

"희성아…"

   등을 돌리고 작업에 열중인 아들의 이름을 가만히 불러 봅니다. 저는 아직도 희성이를 부를 때면 가슴이 먹먹해져 옵니다. 곧 '괜시리 이런다'고 저를 나무라지만 쉽게 단속이 안 됩니다. 지금 저는 희성이 작업실에서, 희성이 곁에서 작은 그림을 하나 그리고 있습니다.

"엄마, 어깨에 힘을 빼고 그리세요."
"엄마, 손목을 쓰지 말고 색칠하세요."

   잠시 전에 희성이가 제게 말해 주고는 곧장 자기 캔버스 앞으로 갔습니다. 이제 막 그림을 시작한 제게 자신이 그리다 만, 마음에 들지 않았는지 미뤄 둔 작은 캔버스에 흰색을 덧칠해서 주네요,

마음을 내어 건넨 그것으로 그림 연습하라고요. 희성이 마음 한 편에 작품으로 함께 얘기할 수 있는 저의 자리를 내어 주니 감동입니다.

희성이와 만난 지 30년이 되었습니다. 태중에서 함께한 시간부터 희성이는 기쁨이고 감사였습니다. 신비였고 꿈이었습니다. 모든 부모가 아이에게 그렇겠지요. 저도 희성이가 태어나면서 함께 자라고 어른이 되었던 것 같습니다. 2년 터울 동생이 태어나고 전투적으로 두 아들을 키우느라 잠시 그 기쁨과 감사를 잊은 적도 있지만 태어나서 한 생명을 세상에 내어 놓은 일만큼 제가 온전하게 잘한 일이 있었을까요.

우리 가정에 보내 주신 희성이와 동생 형우는 참으로 귀한 반짝이는 보석입니다. 답답하고 막막한 현실에서 귀한 희성이를 통해 찾아오신 하나님을 붙잡고 우리 가족은 믿음과 사랑으로 더 단단해지고 견고해졌습니다. 그 안에서 서로를 바라보며 날마다 더 많이 웃고 날마다 더 많이 기쁩니다.

돌이켜 생각하니, 모든 것이 은혜이고 감사입니다. 다른 부모님들처럼 저도 희성이 덕분에 미안하다, 고맙다는 말을 숨 쉬듯 말하며 서럽고 억울한 일도 애써 잊어야 사는 엄마였습니다. 지치지 않는 데다가 질문까지 많은 엄마였습니다. 희성이가 꼭 대학에 가겠다고 했을 때도 저는 학과장님을 만나 장애 학생이 입학을 위해서 어떤 준비를 해야 하는지 무턱대고 묻고, 장애 학생을 교육하기에 학교의 '준비가 부족하다'는 친절한 거절의 답변에는 필요한 것을 조목조목 말씀드리는 다소 뻔뻔하고 용맹한 엄마였습니다.

"올해 입학이 안 되면 희성이가 원하기 때문에 내년에도 또 지원할 겁니다."

지금은 많이 유연해지고 부드러워졌지만 적당히 눈치껏 물러서지 않을 거란 태도는 아주 긴 시간 다지고 다져서 만들어진 '희성 엄마'의 모습이었습니다.

그러나 이제는 희성이의 곁에 전전긍긍하고 애쓰며 서 있지 않아도 될 것 같습니다. 희성이가 자신의 길을 알고 제법 제 속도로 걸어가고 있다고 생각하기 때문입니다. 실은 올해 초, 초대받은 전시를 모두 진행하고 싶은 아들의 바람대로 움직이다 보니 힘에 부쳐서 좀 쉬면 안 되겠냐고 묻기도 했더랬습니다. 아들의 대답은 짧고 명확한 거절이었습니다. 희성이 화가로서의 자신의 능력과 역할을 신뢰하고 있다는 것을 알았습니다. 이제는 희성이가 지치지 않고 건강하게 걸어갈 수 있도록 편안한 발걸음이 되도록 긴 호흡을 재조정해 봅니다.

그래서 새롭게 다짐할 수밖에 없겠습니다. 희성이를 위해 더욱 기도하며, 필요할 때는 친구로, 때로는 조력자로 맡은 사명 잘 감당하는 '행복한 화가' 양희성의 엄마로 감사하며 살겠습니다.

아들의 장애를 받아들이지 못해 버티고 버티다가 아들의 삶을 위해 장애를 받아들일 수밖에 없었습니다. 희성에게 따뜻한 마음을 갖고 희성의 교육에 힘써 주셨던 교장 선생님께서 장애인등록을 권하셔서 중학교 3학년 때 지적장애 판정을 받고 장애인등록을 하고 나니 오히려 마음이 편안해졌습니다.

사회복지사와 커리어코치 자격증을 획득하여 다양한 봉사 활동을 하며 아들에게 도움을 주기 위해 적극적인 방법을 찾았습니다. 두 번의 초대전을 통하여 약 30점의 작품이 판매되어 수입이 생겼는데 그 수익금을 가정 형편이 어려워서 제대로 언어치료를 받지 못하는 장애 어린이의 치료비로 후원하는 나눔을 통해 더 큰 사랑을 배울 수 있었고, 화가가 되고 싶다며 전시장에 찾아온 장애 학생들에게 조금이나마 도움을 주고 나니 희성이가 한층 성장한 듯했습니다.

대학교 3학년 때 구미시에 마련한 작업실은 양희성 작가의 호인 희재를 사용하여 '희재예술발전소'라고 붙였습니다. 이곳에서 작가로서 성장하고, 위로가 필요한 분들에게는 힘이 될 수 있는 발전소가 되기를 소망합니다.

초등학교에서 고등학교까지 희성은 동생과 같은 일반 학교에 다녔는데 동생이 두 살 어리지만 학년은 1학년 차이가 나기 때문에 11년 동안 형의 보호자 역할을 하였습니다. 지금도 형이 부르면 열일 제치고 달려오는 우애 깊은 형제입니다. 그런 듬직한 동생이 있어서 얼마나 다행인지 모릅니다.

희성은 1995년생으로 벌써 스물아홉 살입니다. 엄마는 언제까지 아들의 그림자가 되어 줄 수 있을지 앞날을 예측할 수 없지만 이제 걱정하지 않습니다.

양희성, 우리 아들은 하나님께서 사랑하시는 화가니까요. 그림을 아주 잘 그리는 선한 작가입니다.

양희성(Yang hee sung)

대구대학교 일반대학원 미술디자인학과 현대미술전공 석사(2021)
대구대학교 조형예술대학 융합예술학부 현대미술전공 졸업(2019)

장애인기업 '희재예술발전소' 대표(중소벤처기업부)
(주)커스프 소속작가
한국미술협회, 한국장애인미술협회, 한미문화재단USA 정회원

2024 이원형어워드 수상
한미종합문화예술공모전 우수상
K-ART 글로빌 한 · 일 교류전 특선
대한민국청년미술대전 특선
대한민국현대미술대전 특선 외 다수

2024 『열린지평』 2024여름호 예술공간_치유의 화가 양희성
2024~2022 대한민국장애인미술대전 추천작가
2023 대구MBC 문화요 출연
2023 한국 『메세나』 스페셜테마인터뷰_순수의 빛으로 세상을 밝히다_양희성
2022 정책 주간지 K공감 그림으로 세상과 말걸기
2022 아시아현대미술 작가 선정
2022 제2회 오티즘엑스포아트토크쇼 〈미술가의 길〉 참여
2022 '만남이 예술이 되다 시즌 3' 힐링전시회 특별편 Ep.1(97.8만 뷰)
2022 포스코TV 유튜브 리얼스토리(43.5만 뷰), 콜라보 영상(16만 뷰)
2022 한국장애인예술매거진 『E미지』 표지작가
2022 KBS1TV 문화스케치_행복을 그리다_화가 양희성
2022 KBS2TV 대구경북권 장애 인식개선 공익광고 출연
2022 포스코1%나눔재단 '만남이 예술이 되다 시즌 3' 작가 선정
2019 아시아프 작가 선정
2012 대한민국정수미술대전 입상

개인전, 초대 개인전 총 9회, 아트페어 12회

2024 K-ART GROBAL 영국 초청전(영국, BACKLIT GALLERY)
2024 한국특수교육 130주년기념 특별초대전: HUMAN_sense&sensibility
    (대구, 대구대성산복합문화공간 전시실)
2024, 2023 K-ART 한 · 일교류전(일본, 동경도미술관)
2023 국민 속으로 어울림 속으로(서울, 청와대 춘추관)
2023 푸른 하늘 푸른 바다 특별초대전(구미, 문화예술회관 제1전시실)
2023 한 · 튀르키예 수교 66주년 기념전(터키, 이스탄불시립미술관) 외 단체전 150회 이상